Jean-Christophe & Winnie

Traduction de Christophe Rosson.
Conception graphique : Claire Besset.

Hachette Livre, 58, rue Jean-Bleuzen, 92178 Vanves Cedex.

Disney

Jean-Christophe & Winnie

hachette JEUNESSE

Prologue

La journée est radieuse dans la Forêt des Rêves bleus. Il y flotte un léger parfum de miel… échappé du pot d'un ourson que nous connaissons bien. Une petite brise caresse les joues des amis réunis autour d'une table de pique-nique. Pourtant, les visages sont tristes.

– Nous savons tous pourquoi nous sommes ici, déclare Coco Lapin d'une voix grave. J'ai demandé à mon ami Bourriquet de nous soumettre une rissolution.

Une rissolution ?! s'interroge Winnie en frémissant.

Bourriquet ne lui laisse pas le temps de demander ce que ça veut dire. Il pose sur la table un papier, qu'il défroisse pendant de longues minutes. Ensuite, il s'éclaircit la voix et se met à lire :

– Jean-Christophe nous quitte. Du moins, je crois qu'il va nous quitter. Pour aller où ? Personne ne le sait.

Une pause. Bourriquet fronce les sourcils, scrute la page de plus près.

– Mais il nous quitte, continue-t-il de lire, difficilement. Va-t-il nous manquer ? Oui. Beaucoup. Et nous pensons aussi beaucoup à lui. Fin.

Lentement, l'âne relève la tête. Winnie fixe des yeux la banderole suspendue au-dessus de la table. Les mots « BON VOYAJE, JAN-CRISTOPHE » s'y étalent en lettres inégales et colorées. Bourriquet pousse un long soupir.

– Si vous voulez applaudir, déclare-t-il ensuite, vous pouvez.

Au même instant, Jean-Christophe, sept ans, fait son apparition dans la clairière.

– Très joli poème, Bourriquet, apprécie-t-il.

D'un geste lent, il écarte la mèche qui lui tombe sur le front. Il observe ses amis, une boule dans la gorge. Il les aime plus que tout au monde. Porcinet, si doux, si innocent, avec sa voix stridente et sa peur de... de tout. Grand Gourou, Petit Gourou et Tigrou, qui ne tiennent pas en place, même si la tristesse règne autour de la table. Maître Hibou et Coco Lapin. Et, bien entendu, il y a là le meilleur ami de Jean-Christophe : Winnie l'Ourson.

Ils vont tous énormément lui manquer. Ils ont passé tant de journées ensemble, à jouer dans la forêt derrière la maison de campagne de ses parents...

Jean-Christophe sait que ses amis guettent sa réaction. Alors l'enfant s'efforce de sourire. Mais il ne se fait pas d'illusions :

ses compagnons d'aventure sentent sa tristesse.

– C'est bête que tu partes, dit l'ourson. J'aurais préféré que tu restes encore un peu.

Jean-Christophe hoche la tête. Porcinet bondit sur la table pour se mettre à sa hauteur. Malgré toutes les heures passées à jouer ensemble, le petit animal semble encore craintif. Jean-Christophe se retient de sourire quand Porcinet lui présente un sachet.

– Je t'ai r-r-ramassé des glands, bégaie le cochon. M-m-moi, j'en raffole. Où que tu ailles, ils te rappelleront la Forêt des Rêves bleus.

Jean-Christophe accepte ce cadeau d'un geste solennel.

– Merci, Porcinet.

La petite créature acquiesce sans quitter des yeux le sachet.

– Tu en veux un, peut-être ? ajoute l'enfant.

Hofer. Leben und Werk in Daten und Bildern 363
E. T. A. Hoffmann: Elixiere des Teufels 304
E. T. A. Hoffmann: Das Fräulein von Scudéry 410
E. T. A. Hoffmann: Kater Murr 168
E. T. A. Hoffmann: Prinzessin Brambilla 418
E. T. A. Hoffmann: Der unheimliche Gast 245
Hölderlin-Chronik 83
Hölderlin: Diotima 447
Hölderlin: Dokumente seines Lebens 221
Hölderlin: Hyperion 365
Homer: Ilias 153
Horváth: Leben und Werk 237
Ricarda Huch: Der Dreißigjährige Krieg (2 Bde.) 22/23
Hugo: Notre-Dame von Paris 298
Ibsen: Nora 323
Indische Liebeslyrik 431
Jacobsen: Die Pest in Bergamo 265
Jacobsen: Niels Lyhne 44
Jerschow: Das Wunderpferdchen 490
Kant-Brevier 61
Kaschnitz: Courbet 327
Kaschnitz: Eisbären 4
Kasperletheater für Erwachsene 339
Kästner: Die Lerchenschule 57
Kästner: Die Stundentrommel vom heiligen Berg Athos 56
Kästner: Griechische Inseln 118
Kästner: Kreta 117
Kästner: Ölberge, Weinberge 55
Keller: Der grüne Heinrich (2 Bde.) 335
Keller: Züricher Novellen 201
Kerner: Bilderbuch aus meiner Knabenzeit 338
Kinderheimat 111
Kinder- und Hausmärchen gesammelt durch die Brüder Grimm (3 Bde.) 112-114
Kin Ping Meh 253
Kleist: Die Marquise von O. 299
Kleist: Erzählungen 247
Kleist: Geschichte meiner Seele 281
Kleist: Der zerbrochene Krug 171
Klingemann: Nachtwachen von Bonaventura 89
Klinger: Leben und Werk in Daten und Bildern 204
Knigge: Über den Umgang mit Menschen 273
Konfuzius: Materialien 87
Konfuzius und der Räuber Zhi 278
Kühn: Geisterhand 382
Laclos: Schlimme Liebschaften 12
Lamb: Shakespeare Novellen 268
Das große Lalula 91
Leopardi: Ausgewählte Werke 104
Lesage: Der hinkende Teufel 337
Leskow: Erzählungen 422
Lévi-Strauss: Weg der Masken 288
Liebe Mutter 230
Lieber Vater 231 (in Kassette)
Die Briefe der Lieselotte von der Pfalz 428
Lichtenberg: Aphorismen 165
Linné: Lappländische Reise 102
Lobel: Die Geschichte vom Jungen 312
Lobel: Maus im Suppentopf 383
Lobel: König Hahn 279
Löffler: Sneewittchen 489
London: Das Bild einer europäischen Metropole Herausgegeben von Norbert Kohl. 322
London, Jack: Ruf der Wildnis 352
London, Jack: Die Goldschlucht 407
Longus: Daphnis und Chloe 136
Lorca: Die dramatischen Dichtungen 3
Der Löwe und die Maus 187
Majakowski: Werke I 16
Majakowski: Werke II 53
Majakowski: Werke III 79
Malory: König Artus (3 Bände) 239
Mandry: Katz und Maus 492
Marc Aurel: Wege zu sich selbst 190
Märchen der Romantik (2 Bde.) 285
Märchen deutscher Dichter 13
Maupassant: Bel-Ami 280
Maupassant: Das Haus Tellier 248
Maupassant: Pariser Abenteuer 106
Maupassant: Unser einsames Herz 357
Mäusegeschichten 173
McKee: Zwei Admirale 417
Meinhold, Bernsteinhexe 329
Melville: Moby Dick 233

Mercier: Mein Bild von Paris 374
Mérimée: Carmen 361
Merkprosa 283
Michelangelo: Zeichnungen und Dichtungen 147
Michelangelo. Leben und Werk 148
Minnesinger 88
Mirabeau: Der gelüftete Vorhang 32
Molière: Der Menschenfeind 401
Montaigne: Essays 220
Mordillo: Das Giraffenbuch 37
Mordillo: Das Giraffenbuch 2 71
Mordillo: Träumereien 108
Morgenländische Erzählungen 409
Morgenstern: Alle Galgenlieder 6
Mörike: Alte unnennbare Tage 246
Mörike: Die Historie von der schönen Lau 72
Mörike: Maler Nolten 404
Mörike: Mozart auf der Reise nach Prag 376
Moritz: Anton Reiser 433
Moritz: Götterlehre 419
Motte-Fouqué: Undine 311
Mozart: Briefe 128
Musäus: Rübezahl 73
Mutter Gans 28
Nestroy: Stich- und Schlagworte 270
Die Nibelungen 14
Nietzsche: Zarathustra 145
Nietzsche: Ecce Homo 290
Novalis. Dokumente seines Lebens 178
Okakura: Das Buch vom Tee 412
Orbeliani: Die Weisheit der Lüge 81
Orbis Pictus 9
Oskis Erfindungen 227
Ovid: Ars Amatoria 164
Das Papageienbuch 424
Pascal: Größe und Elend des Menschen 441
Paul: Der ewige Frühling 262
Paul: Des Luftschiffers Gianozzo Seebuch 144
Petronius: Das Gastmahl des Trimalchio 169
Petzet: Das Bildnis des Dichters. Rilke, Becker-Modersohn 198
Phaïcon 1 69
Phaïcon 2 154
Platon: Phaidon 379
Platon: Theaitet 289
Pocci: Kindereien 215
Poe: Grube und Pendel 362
Polaris 3 134
Poesie-Album 414
Pöppig: In der Nähe des ewigen Schnees 166
Polnische Volkskunst 448
Potocki: Die Handschrift von Saragossa (2 Bde.) 139
Praetorius: Hexen-, Zauber- und Spukgeschichten aus dem Blocksberg 402
Quincey: Der Mord als eine schöne Kunst betrachtet 258
Raabe: Die Chronik der Sperlingsgasse 370
Raabe: Gänse von Bützow 388
Rabelais: Gargantua und Pantagruel (2 Bände) 77
Rache des jungen Meh 353
Die Räuber vom Liang Schan Moor (2 Bände) 191
Reden und Gleichnisse des Tschuang Tse 205
Rilke: Ausgesetzt auf den Bergen des Herzens 98
Rilke: Das Buch der Bilder 26
Rilke: Duinser Elegien/Sonette an Orpheus 80
Rilke: Die drei Liebenden 355
Rilke: Geschichten vom lieben Gott 43
Rilke: Späte Erzählungen 340
Rilke: Neue Gedichte 49
Rilke: Das Stunden-Buch 2
Rilke: Wladimir, der Wolkenmaler 68
Rilke: Leben und Werk im Bild 35
Rilke: Zwei Prager Geschichten 235
Robinson: Onkel Lubin 254
Rotterdam: Lob der Torheit 369
Rousseau: Königin Grille 332
Rousseau: Zehn Botanische Lehrbriefe für Frauenzimmer 366
Rumohr: Geist der Kochkunst 326
Runge: Leben und Werk im Bild 316
Der Sachsenspiegel 218
Sagen der Juden 420
Sand: Geschichte meines Lebens 313
Sappho: Liebeslieder 309
Schadewaldt: Sternsagen 234

Porcinet pose un regard gourmand sur les glands. Mais il ne cède pas à la tentation.

– Je n'aurai pas besoin de ces glands pour me rappeler la Forêt, reprend ensuite Jean-Christophe, mais je les conserverai précieusement. Merci encore, Porcinet.

Avant de pénétrer dans la Forêt des Rêves bleus, aujourd'hui, il a passé une journée horrible. Sa mère a insisté pour qu'il fasse ses valises. Puis elle lui a demandé de ranger sa chambre et de mettre ses jouets de « bébé » dans des cartons. Tout ça parce qu'il est désormais un grand et qu'il s'apprête à entrer en pension ! Jean-Christophe n'a même pas pu apprécier son dernier repas : son père l'a interrompu pour qu'il l'aide à charger leurs bagages dans la voiture. Le garçon a bien cru qu'ils allaient partir sans qu'il ait pu se rendre dans la Forêt…

Sitôt dans les bois, il avait espéré que ses idées noires s'envoleraient. Au lieu de cela, la cérémonie des adieux lui a mis les larmes aux yeux. Et le voilà maintenant avec le souffle coupé ! C'est que Tigrou vient de le prendre dans ses bras. Il plaque sa tête contre la sienne.

– Tu vas énormément me manquer, tu sais, affirme l'animal en bondissant sur sa queue.

L'enfant ne peut plus tenir : il éclate de rire. Avec Tigrou, la rigolade n'est jamais loin !

– Toi aussi, tu vas me manquer, Tigrou, assure-t-il.

Puis il se tourne vers les autres, bien décidé à profiter de la fin du pique-nique.

– Allez, les amis ! Mangeons ce gâteau !

Le reste de l'après-midi n'est que rires, jeux et friandises. Quand le soleil se couche, les amis de Jean-Christophe s'endorment les uns après les autres, couchés sur la table ou en dessous. Bientôt, seuls Winnie et lui restent éveillés.

Winnie a la tête enfouie dans un pot de miel. Huit autres, vides, l'entourent. Pour lui, une fête sans miel, ça n'est pas une fête.

– Debout, Winnie ! l'interpelle soudain Jean-Christophe.

L'ourson dégage sa tête du pot. Jean-Christophe a déjà atteint la lisière de la clairière.

– Où allons-nous, Jean-Christophe ? demande Winnie en se dandinant vers lui.

Dans le soleil couchant, les cheveux du garçon paraissent plus rouges. L'excitation de la journée lui a rosi les pommettes. Sa chemise jaune, propre à son arrivée dans la Forêt, est maintenant couverte de taches de gâteau, d'herbe et d'autres traces des festivités.

– Nulle part, répond-il à Winnie.

– C'est une de mes destinations préférées ! se réjouit ce dernier.

Et il tend la main à Jean-Christophe, qui la lui prend. Ensemble, ils s'enfoncent dans les bois.

Ils marchent un moment en silence, ravis d'être l'un près de l'autre. Puis ils échangent des souvenirs : devant l'arbre sur lequel Winnie avait chipé leur miel à des abeilles ; devant la maison de Coco Lapin, où Winnie s'était retrouvé coincé ; sous celle de Maître Hibou, qu'un orage avait un jour emportée. Quand enfin ils atteignent une prairie, le soleil teinte l'herbe de reflets dorés.

– Dis, Winnie, interroge le petit garçon, qu'est-ce que tu aimes le plus au monde ?

– Ce que j'aime le plus au monde... médite l'ourson.

Il cesse de marcher pour mieux réfléchir. Il se tapote le menton du doigt, fronce les sourcils, et émet des « hmm » et des « euh ».

– Ce que j'aime le plus, c'est quand Porcinet et moi, nous venons te voir et que tu nous proposes de faire quelque chose. Et que moi, je réponds : « Faire quelque chose, ça me dit bien ! » Surtout s'il fait beau.

Winnie lève les yeux vers Jean-Christophe, fier de sa réponse. L'enfant hoche la tête sans rien ajouter, jusqu'au petit pont de bois. Là, il observe son reflet dans l'eau. Il ne se trouve pas vieilli par rapport au début des vacances, bien sûr. Pourtant, sa mère n'arrête pas de lui répéter qu'il est un grand, désormais, et qu'il doit se conduire comme tel. Tout cela ne lui dit rien qui vaille.

– Moi, ce que j'aime le plus, déclare-t-il alors, c'est ne rien faire.

– Et tu t'y prends comment, pour ne rien faire ? réplique Winnie.

– C'est quand des gens me demandent : « Qu'est-ce que tu comptes faire, Jean-Christophe ? », et que je réponds : « Oh, rien », et qu'ensuite, je vais le faire.

– Je comprends ! Ne rien faire, c'est parfois le meilleur moyen de faire quelque chose.

Ravis d'avoir pu partager ces confidences, les deux amis reprennent leur chemin. Sans l'avoir cherché, Jean-Christophe se retrouve à visiter ses endroits préférés de la Forêt des Rêves bleus. Mais aucun n'est aussi cher à son cœur que le Lieu enchanté, où ils arrivent quand le soleil projette ses derniers rayons.

Jean-Christophe en a le cœur serré, car il aurait beau marcher encore des heures, il lui faudrait quand même s'en aller. Il pousse un soupir plus triste que ceux de Bourriquet.

– Winnie, je ne vais plus pouvoir ne rien faire, maintenant.

– Plus jamais ? s'étrangle l'ourson.

– C'est interdit, au pensionnat…

Winnie remarque que son camarade a l'air peiné. Peut-être à cause de ce pensionnat, qui ne semble pas être un endroit où on rigole beaucoup.

Jean-Christophe pousse alors un soupir à faire peur.

– Dis, Winnie, souffle-t-il ensuite, quand je serai parti, tu viendras ici, des fois ?

– Tout seul ? Mais tu seras où, exactement, toi ? veut savoir l'ourson.

– Je serai là, répond le garçon en tapotant la tempe de son ami.

Jean-Christophe a raison : il pense à Winnie en permanence, car c'est son meilleur ami.

– Mais imagine que tu m'oublies… suppose quand même l'ourson.

– Je ne t'oublierai jamais, Winnie. Je te le promets. Même pas quand j'aurai cent ans.

L'ourson essaie de calculer l'âge que lui aura quand Jean-Christophe aura cent ans. Il plisse le front, puis jette l'éponge.

– Et moi, j'aurai quel âge ? demande-t-il finalement à Jean-Christophe.

– Quatre-vingt-dix-neuf ans, lui répond celui-ci.

Le soleil est couché depuis longtemps. Le moment est venu de quitter la Forêt des Rêves bleus. Les parents de Jean-Christophe se sont montrés très clairs : il doit se comporter comme un grand garçon, désormais.

Jean-Christophe rajuste le col de sa chemisette. Il a l'impression d'étouffer. D'ailleurs, c'est tout l'uniforme de sa nouvelle école qui l'étouffe. Quelle horreur, ce pantalon bien repassé et ce veston rigide fermé par de gros boutons tout ronds ! Ces affaires l'attendaient sur son lit, à son retour de la Forêt des Rêves bleus.

Lui qui avait espéré échapper à l'essayage de son uniforme... Au lieu de cela, il a eu droit à un dîner expédié, et ses parents l'ont envoyé se coucher de bonne heure, en prévision d'un départ tôt le lendemain. Mais, en entrant dans sa chambre, il n'a pas eu le courage d'enfiler sa nouvelle tenue. Il s'est écroulé sur son lit, la tête enfouie dans l'oreiller. Quand il s'est tourné vers la fenêtre, il a vu passer une étoile filante. Il a fait un vœu : que ses parents renoncent à l'envoyer en pension.

Hélas ! Ça n'a pas marché. Et le lendemain matin, il est réveillé par sa mère, qui lui crie de se dépêcher. Entre le travail de son père, qui lui prend de plus en plus de temps, et le séjour de Jean-Christophe en pension, la maison risque fort de demeurer inoccupée jusqu'aux prochaines grandes vacances...

– Jean-Christophe ! Fiston ! On y va !

Le garçon se raidit. Son père lui adresse rarement la parole. Mais depuis l'annonce de son départ pour la pension, il le traite presque comme un adulte. Il a d'ailleurs engagé la conversation avec lui plusieurs fois, sur des sujets sérieux. Jean-Christophe a trouvé ces échanges agréables, mais aussi bizarres et gênants. Il s'était habitué à ce que son père l'ignore. C'est un peu cela qui l'avait poussé à pénétrer dans la Forêt des Rêves bleus, au début.

– Jean-Christophe ! répète-t-il.

L'enfant empoigne sa valise et adresse un ultime regard à sa chambre. Un adieu silencieux aux jouets rangés sur les étagères, aux photos accrochées aux murs, à la collection d'animaux en peluches assis sur une chaise dans un coin. Ses yeux s'attardent sur l'ours au maillot rouge. Puis il sort en refermant la porte derrière lui.

Au rez-de-chaussée, Jean-Christophe aperçoit ses parents qui attendent près de la voiture. M. Robin lit son journal. Mme Robin scrute les nuages qui passent dans le ciel. Mais sitôt que le bruit des pas de leur fils leur parvient, tous deux tournent leur regard vers lui.

– Tu n'as rien oublié ? lui demande sa mère tandis que son père attrape sa valise.

Jean-Christophe hausse les épaules.

– Alors nous pouvons partir, décide M. Robin.

Il remarque que son garçon a la mine triste.

– Le pensionnat va être une aventure extraordinaire, fiston, je te le promets.

La voiture démarre. Jean-Christophe n'ose pas répondre. Les aventures extraordinaires, c'est dans la Forêt des Rêves bleus qu'elles se déroulent. Mais la maison de campagne disparaît au loin. Il va entrer en pension, abandonner ses amis et les aventures. À tout jamais, peut-être.

Jean-Christophe scrute la page blanche posée devant lui. Il est censé faire des calculs. Au lieu de cela, il y dessine Winnie.

Voilà exactement vingt-et-un jours, quatre heures et quatre minutes qu'il est en pension. Chaque minute a été une torture. Les élèves sont réveillés tous les matins à sept heures et attendus au réfectoire à sept heures et demie pour le petit déjeuner – un porridge fade et une tasse de thé.

Viennent ensuite les cours, qui s'étirent jusqu'à l'après-midi. De longues heures dans des salles sans vie, à regarder les pelouses impeccables de l'établissement à travers d'immenses fenêtres. Pelouses dont Jean-Christophe n'a le droit de profiter que pendant les brèves récréations.

Pas l'ombre d'une « aventure extraordinaire », comme il s'y attendait. Et la plupart de ses camarades, y compris les deux avec qui il partage une chambre, sont aussi fades que le porridge matinal. Lorsqu'il a installé ses livres d'enfant sur son étagère, ses colocataires l'ont traité de bébé. Alors Jean-Christophe s'est empressé de les retirer et de les fourrer sous son lit, avec ses quelques peluches.

Il a beau essayer de voir le bon côté des choses, comme Winnie, chaque journée est plus pénible que la précédente. Il n'a qu'une envie : retourner auprès de ses amis pour leur raconter ses soucis. Impossible, malheureusement. Il en est donc réduit à se plonger dans ses livres, à tenter d'oublier la Forêt des Rêves bleus et à ne pas trop se faire remarquer.

– Je vous ennuie, monsieur Robin ?

Jean-Christophe sursaute en entendant la voix de sa professeur si proche de lui. Devant son pupitre, la mine grave, elle abat sa règle sur le Winnie dessiné.

– Je vous suggère d'ouvrir votre manuel, monsieur Robin, et de suivre le cours.

La dame va jusqu'à ouvrir le livre pour Jean-Christophe, et ce mouvement envoie voleter le dessin par terre.

Tandis que l'enseignante s'éloigne, Jean-Christophe tente de ramasser son dessin, mais son voisin s'en est déjà emparé.

– Joli nounours, petit bébé ! commente celui-ci à voix basse avant de froisser la feuille.

Jean-Christophe tourne la tête pour cacher ses larmes. Il se demande ce que son ami ourson penserait de toute cette histoire. Winnie n'a jamais rencontré personne qu'il n'aimait pas. Mais il ne connaît pas les garçons du pensionnat.

Pour la centième fois, Jean-Christophe rêve de rejoindre son ami. Mais la professeur reprend la leçon, et son rêve s'envole.

Il faut que je grandisse, se dit-il en recopiant le problème écrit au tableau.

Son regard est, malgré lui, attiré par le dessin froissé, aux pieds de son voisin. Les traits s'effacent déjà sous les traces de semelles. Quand le cours s'achève, le dessin a complètement disparu – comme les espoirs qu'avait Jean-Christophe de retourner à la Forêt des Rêves bleus.

Chapitre 1
La menace

Vingt ans plus tard…

Dans une rue de Londres, Jean-Christophe marche les yeux rivés sur les journaux qu'il tient d'une main. De l'autre, il porte sa mallette, qui se dandine presque gaiement.

Il n'est plus un enfant. Il a la mine triste et fatiguée. Son pardessus marron foncé semble trop grand pour lui. Ses cheveux coupés court commencent à grisonner. Jean-Christophe a l'air perdu dans un monde sombre et solitaire. Un chapeau sur la tête, un parapluie calé contre la poignée de sa mallette, il s'attend à ce qu'il pleuve, aujourd'hui. Il n'aime pas être pris au dépourvu.

Arrivé sur son lieu de travail, le bagagiste Winslow, il voit la foule qui ne cesse d'entrer et de sortir de l'immense bâtiment.

Jean-Christophe en franchit la porte. L'intérieur est aussi majestueux que l'extérieur. Mais il n'y prête pas attention : il aperçoit sa secrétaire près des ascenseurs et la rejoint.

– Bonjour, monsieur Robin, le salue Katherine Dane.

– Bonjour, mademoiselle Dane, répond Jean-Christophe en s'engouffrant dans la cabine.

– Avez-vous passé une…

– Les charnières des malles ! la coupe son chef. Essayons des modèles en nickel plaqué.

– … bonne soirée ? termine malgré tout Katherine.

Depuis le temps qu'elle est sa secrétaire, elle sait qu'il est inutile de parler d'autre chose que de travail à son chef. Mais ça ne l'empêche pas d'essayer. Il lui est même arrivé de surprendre une étincelle dans le regard de Jean-Christophe. Mais cet espoir n'a jamais duré.

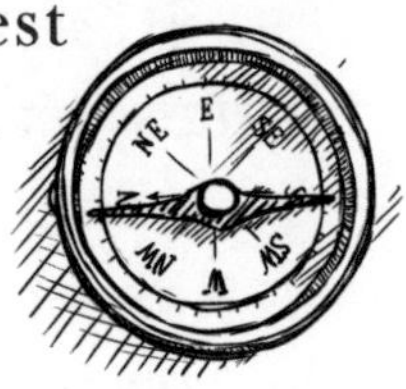

Aujourd'hui, il semble plus nerveux que d'habitude. Et quand l'ascenseur atteint son étage, il en sort tel un boulet de canon, Katherine sur ses talons.

– Le retard à Glasgow, expliquez-moi, réclame-t-il à sa secrétaire.

– Un souci avec le syndicat des tanneurs, lui répond celle-ci.

– Et à Manchester ?

– Ils attendent le tissu, monsieur.

– Et à Birmingham ?

C'est plus fort qu'elle : Katherine trouve à son chef l'air si malheureux qu'elle déclare :

– Ils se sont fait attaquer par des araignées géantes. Sûrement un coup des Soviétiques.

Jean-Christophe est bien forcé de lever les yeux de ses journaux. Sauf que, au lieu d'afficher un sourire complice, il secoue la tête.

– Je n'ai pas de temps à perdre en sottises, mademoiselle Dane.

Il ne comprend pas que la jeune femme s'efforce encore de plaisanter au travail. Ni qu'elle rigole de la menace soviétique. La guerre a certes été gagnée, mais la défaite a été évitée de peu. Il le sait. Il a combattu, au front. Les rues de Londres ont peut-être retrouvé leur animation d'avant-guerre, mais ses habitants ont tous été touchés par le conflit.

Tout à coup, Hal Gallsworthy surgit de son bureau.

– Vous connaissez Birmingham, monsieur, dit-il en ajustant ses lunettes sur son nez. Ils ont toujours du retard.

– Je vous rappelle qu'on nous a demandé de réduire les coûts, reprend Jean-Christophe.

Devant le trio, une double porte est ornée d'un panneau sur lequel est écrit : « Département Efficacité ». Jean-Christophe en pousse les battants pour pénétrer dans son domaine.

Comme on peut s'y attendre, l'efficacité y règne en maître. Deux rangées de dix bureaux, un pour chaque employé du département. Ces derniers s'affairent, tous vêtus de costumes et de tailleurs impeccables. On ne plaisante pas, chez Jean-Christophe.

L'équipe senior est en train d'étudier une valise haut de gamme. Jean-Christophe entend leurs réflexions. Il n'intervient pas, dans un premier temps.

– Si on remplace la seconde équerre intérieure par du bois de hêtre, explique

Matthew Leadbetter, la flottabilité augmente de 4 %.

Joan MacMillan, la seule femme du groupe, prend le relais.

– Et le poids diminue de 0,2 %, indique-t-elle.

Le reste de l'équipe hoche la tête.

– Quel impact sur le coût ? interroge Jean-Christophe.

En tant que chef du Département Efficacité, il se doit de ne pas perdre de vue l'essentiel.

Ralph Butterworth, le pessimiste du groupe, répond avec un haussement d'épaules :

– Nous gagnerons peut-être quelques shillings.

Voilà bien ce que craignait Jean-Christophe. Quelques shillings ne suffiront pas à sauver l'entreprise.

– Continuez de chercher, positive-t-il. Explorez toutes les pistes.

À sa grande surprise, ces mots lui valent une salve d'applaudissements.

– Bravo ! Excellent état d'esprit !

Chacun se tourne vers la personne qui vient de parler. C'est Giles Winslow, leur patron. S'il est le chef, c'est avant tout parce qu'il est le fils du fondateur de l'entreprise. Contrairement à ses employés, qui ont tous le teint pâle et les traits creusés, Giles a le visage frais et bronzé. Il aime le grand air et ne passe pas sa vie à se tracasser pour son entreprise. Après tout, ses employés sont là pour ça.

– Monsieur Winslow, dit Jean-Christophe. J'aurais pu vous retrouver dans votre bureau.

– Oh, non, non. J'aime beaucoup venir ici, me salir un peu les mains…

Comme pour appuyer ses paroles, il tapote un échantillon de cuir.

– Cet échantillon n'est pas encore sec, monsieur, lui fait observer Jean-Christophe.

Giles retire sa main comme s'il s'était brûlé et s'essuie aussitôt sur son mouchoir.

– Hum, l'odeur du cuir ! s'extasie-t-il ensuite. L'odeur du travail ! Je suis bien mieux ici que dans un bureau. Je me sens chez moi. Avec les vrais hommes – et les vraies femmes !

Sur ce, il veut poser le pied sur un tas d'échantillons, mais la pile s'écroule aussitôt.

– Passons dans votre bureau, si vous le voulez bien, monsieur Robin, décide alors Giles.

Jean-Christophe lui emboîte le pas. Sitôt la porte vitrée refermée, les employés se pressent pour les épier.

– Les derniers rapports de ventes viennent de tomber, annonce Giles en tendant à Jean-Christophe un classeur marron.

Celui-ci l'ouvre, la peur au ventre. Des chiffres en rouge et en noir, surtout en rouge, lui sautent au visage à toutes les pages. Il se sent devenir livide.

À la porte, l'équipe senior écoute toujours, les yeux écarquillés.

– Je ne suis pas expert en décryptage, estime Leadbetter, mais il me semble…

– Qu'on est fichus ! termine pour lui Butterworth.

– Ils parlent de quoi ? demande Gallsworthy. Je n'entends rien.

Pendant ce temps, Jean-Christophe et Giles poursuivent leur conversation « privée ».

– Comment avons-nous pu en arriver là ? peste Jean-Christophe.

Il a pourtant été très scrupuleux dans son travail. Certes, les temps sont durs. Les consommateurs ont d'autres priorités d'achats que les produits de luxe. Pour autant…

– À vous de me le dire, réclame Giles, c'est vous l'expert en efficacité. De toutes les entreprises de mon père, nous sommes bons derniers…

Il baisse les yeux, inspecte ses ongles récemment manucurés. Il n'a pas l'air si gêné que cela.

– Nous devons réduire les coûts, reprend-il.

– J'y travaille d'arrache-pied, assure Jean-Christophe. Et nous faisons des progrès : 3 % environ.

– J'attends mieux que ça, Robin.

– Combien ?

– 20.

Jean-Christophe est près de s'évanouir. 20 % ? Ce n'est pas réaliste.

– Votre père avait garanti à ces gens qu'une bonne place les attendrait au retour de la guerre, rappelle-t-il. Ils sont prêts à tout pour cette entreprise. Moi aussi.

Il se retient de demander à Giles ce que lui-même fait pour elle.

– Mon père a prévu une réunion de crise lundi, annonce

Giles en se dirigeant vers la porte. Nous devrons lui présenter une solution.

– Mais j'ai promis à ma femme et à ma fille que nous passerions le week-end ensemble…

Giles hausse un sourcil. Jean-Christophe baisse la tête. Il s'est dit prêt à tout pour l'entreprise. Mais il a aussi promis à sa femme et à sa fille un week-end à la campagne. Evelyn est une épouse patiente et compréhensive. Mais elle aussi a ses limites. Cette annulation de plus sera-t-elle celle de trop ?

– Vous avez des rêves, Robin ?

La question prend Jean-Christophe au dépourvu. Il lève la tête, confus.

– Je vais vous confier un secret, enchaîne Giles. Les rêves aussi ont un prix. On n'a rien sans rien. Si cette entreprise doit couler, posez-vous la question : « Suis-je bon nageur ou bien vais-je me noyer ? »

– Je ne demande qu'à nager, monsieur, réplique Jean-Christophe.

– Bonne réponse ! Moi aussi, je veux nager, c'est pourquoi je vais passer le week-end à travailler.

Il récupère le dossier marron et en sort une feuille qu'il remet à Jean-Christophe.

– Voici une liste. Les gens qui seront virés si vous ne parvenez – si *nous ne parvenons* – à rien. Bonne chance !

La menace prononcée, il quitte le bureau.

Jean-Christophe reste cloué sur place, la liste à la main. Que faire ?

Chapitre 2

Triste soirée

Jean-Christophe reste un long moment à la porte de son bureau. La liste de Giles lui brûle la main. Il n'arrive pas à s'imaginer en train de jeter ses employés « par-dessus bord ». Pour lui, ces gens ne sont pas des chiffres en rouge ou en noir. Ce sont des hommes et des femmes avec lesquels il travaille au quotidien. Au début, il s'est efforcé de maintenir une distance avec eux. Mais, avec le temps, il s'est détendu – un peu. Il a appris à les connaître. Ses employés font pratiquement partie de sa famille.

Son regard se tourne vers l'équipe senior. Eux surtout. Sans avoir lu la liste, il devine que certains d'entre eux y figurent. Ils sont parmi les plus anciens employés de l'entreprise, les plus compétents aussi. Parmi les plus gros salaires. Pour réduire les coûts de 20 %, plusieurs vont devoir partir.

Jean-Christophe soupire. Il ne peut rester planté là, à nier l'évidence. Ce serait pourtant bien tentant. Il sort de son bureau. Ses employés ont une expression angoissée, ils devinent ce qui se mijote.

– J'imagine que vous savez déjà tout ou presque ? les interpelle-t-il.

– Non, non, lui répond-on en chœur.

Jean-Christophe se retient de sourire.

– Enfin, quelques bricoles peut-être, reconnaît Butterworth.

– Si vous avez des idées, enchaîne Jean-Christophe, présentez-les-moi demain. Je les étudierai ce week-end.

– Nous ferons de notre mieux, monsieur ! s'efforce de positiver Hastings, l'éternel optimiste du groupe.

– Merci. Je ne doute pas de vous. Mais n'oubliez pas que nous avons la chance d'avoir un emploi. Tâchons de le conserver.

Un dernier regard circulaire dans la pièce, et il regagne son bureau, dont il baisse les stores. Il ne faudrait pas qu'on le voie assis à sa table de travail avec la tête entre les mains.

Après ce qu'il vient d'annoncer à ses employés, il culpabilise comme jamais.

Et c'est à ce moment-là qu'il se rappelle : le week-end en famille… il doit l'annuler.

La nuit est tombée sur Londres. Dans le Département Efficacité de la compagnie Winslow, toutes les lumières sont allumées. Jean-Christophe et son équipe travaillent depuis le matin – et devraient être rentrés chez eux depuis longtemps. On cherche, on cherche... mais jusqu'à présent personne ne trouve de solution.

Un bruit sourd attire l'attention de Jean-Christophe vers la salle commune. Butterworth s'est endormi, son front vient de heurter une pile de documents.

Jean-Christophe va le réveiller avec un geste amical.

– C'est l'heure, dit-il. Rentrez, tout le monde. Laissez-moi vos propositions en partant.

Trois ou quatre employés protestent, sans conviction. Jean-Christophe attend d'être seul pour récupérer les propositions et regagner son bureau. Il ne se sent pas le droit de rentrer, lui. D'autant que, vu

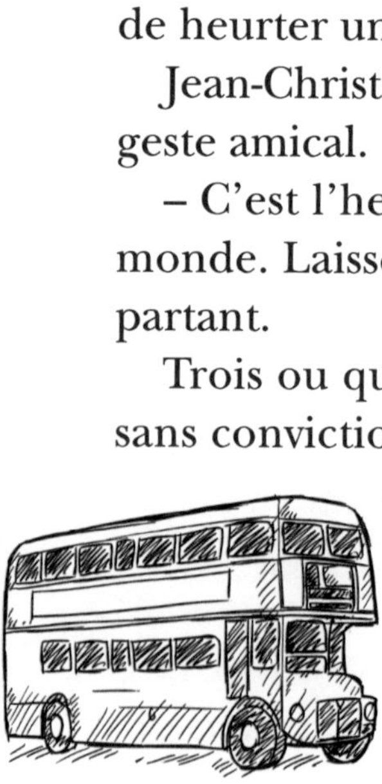

l'heure, Evelyn et Madeline doivent déjà dormir.

Jean-Christophe reste à son bureau si longtemps qu'il n'y voit plus clair. Alors il décide de partir, en emportant les propositions de ses employés. Il redoute d'avoir à annoncer à son épouse et à sa fille qu'il ne pourra pas les accompagner à la campagne.

Chez lui, il découvre deux valises pleines… et Evelyn, qui l'attend dans la salle à manger.

Elle ne dit rien en le voyant entrer, les traits tirés, les épaules voûtées, l'air défait. Comme si tout le poids du monde reposait sur ses frêles épaules. Tout en préparant le dîner, Evelyn s'est surprise à fredonner la chanson sur laquelle ils avaient dansé à leur mariage. À la pensée du week-end qui s'annonçait, elle avait rougi, comme si elle redevenait la jeune femme qu'elle était quand elle avait rencontré Jean-Christophe. Tout était simple, à l'époque. Il n'y avait ni guerre, ni patrons, ni « efficacité ».

Mais depuis quelques années, les difficultés s'accumulent. La guerre a changé Jean-Christophe et leur mariage. À son retour du front, il était bien décidé à s'occuper de sa petite famille. Mais il s'en est éloigné. Evelyn, elle, s'efforçait déjà de retrouver la spontanéité, la joie des débuts. Hélas, la plupart du temps, le travail de son mari l'en empêchait.

Tout en préparant le dîner, elle espérait que ce week-end leur ferait du bien. Jusqu'à ce coup de fil du bureau de Jean-Christophe qui lui avait annoncé que le week-end tant attendu tombait à l'eau. Son cœur s'était serré. Pour Jean-Christophe, pour Madeline, pour elle-même. La déception aurait été moins forte, se disait-elle, si elle n'aimait pas son mari comme une folle.

– Madeline voulait t'attendre, explique-t-elle, mais il se faisait tard.

Elle a parlé d'une voix basse et émue, en voyant Jean-Christophe qui observait la table. Celle-ci n'est plus mise que pour une seule personne. Il est encore passé à côté de quelque chose. Jean-Christophe se tourne vers sa femme. Malgré les années, ses sentiments pour elle sont comme au premier jour.

– Je m'en veux, s'excuse-t-il. J'ai été retenu au bureau.

– Je sais. Katherine m'a prévenue.

Forcément, se dit Jean-Christophe. Evelyn a toujours été plus posée que lui, mais aussi plus passionnée et plus ponctuelle. Être à l'heure, respecter sa parole, s'exprimer avec franchise : Evelyn y est très attachée. Elle a été prévenue de son retard par Katherine… Le pauvre Jean-Christophe était déjà dans de sales draps avant même d'avoir franchi le seuil de sa maison.

– Elle m'a aussi annoncé que tu devais travailler ce week-end.

Jean-Christophe a du mal à avaler sa salive.

– J'imagine que tu ne nous accompagneras pas au cottage.

Jean-Christophe pousse un soupir. Expliquer tout ça à sa femme lui paraît inutile. Evelyn lui proposerait de l'aider ou d'emporter du travail à la campagne. Mais elle n'a pas lu la peur sur les visages des employés quand Jean-Christophe leur a parlé de réduction des coûts. Il doit se consacrer à sa tâche. Il n'a pas envie d'être loin des siens... mais il ne peut pas non plus abandonner ses employés ou l'entreprise.

– Je n'ai pas le choix, finit-il par déclarer.

– Comme d'habitude, souffle Evelyn avec un sourire triste.

Elle regrette d'avoir laissé paraître sa déception, mais c'est trop tard. Derrière son image d'homme dur, elle sait que Jean-Christophe souffre. Ses paroles lui ont fait du mal, mais elles étaient sincères. Un soupir, et Evelyn regagne la cuisine.

– Va donc annoncer la nouvelle à ta fille pendant que je réchauffe ton dîner, propose-t-elle.

Jean-Christophe reste un long moment sans réaction. Affronter la colère de sa femme est déjà douloureux, mais décevoir sa fille dans la foulée… Il en tremble d'avance. En rentrant tard, il espérait repousser cette corvée à demain. Le cœur gros, il s'engage dans l'escalier.

Le domicile londonien de la famille Robin n'a plus la magnificence que Jean-Christophe a connue dans son enfance. Le décès de son père, peu après son entrée au pensionnat, a été une rude épreuve pour sa mère et pour les finances du foyer. Cela explique que Jean-Christophe se sente obligé de consacrer autant de temps à la compagnie Winslow. Cette entreprise lui a offert un travail lorsqu'il était jeune et sans expérience. Quand Evelyn et lui se sont mariés, ils se sont installés au domicile londonien de ses parents. Mais comme ils ne roulaient pas sur l'or, les travaux les moins indispensables étaient toujours remis au lendemain. Evelyn a malgré tout réussi à leur créer un intérieur chaleureux et accueillant. Ils y ont souvent reçu des amis à dîner. Jusqu'à la guerre…

Dans l'escalier, Jean-Christophe observe la photo de ses parents accrochée au mur. Tous deux sourient sans regarder l'objectif. Ils respirent le bonheur. Leur air détendu contraste avec le souvenir que Jean-Christophe garde d'eux. Il se demande pour la centième fois ce que Madeline éprouvera, plus tard, en regardant des photos de ses parents à elle.

À la porte de la chambre de sa fille, un espoir lui vient : Madeline est peut-être endormie, la triste conversation lui sera peut-être épargnée. Hélas, de la lumière filtre sous le battant, et des murmures lui parviennent. Il toque, puis entre.

Madeline est assise sur son lit. Elle s'était couchée mais quelque chose l'a tenue éveillée. Jean-Christophe découvre une grosse caisse posée devant sa fille, le regard tout excité de celle-ci, et croit deviner de quoi il s'agit.

– Qu'as-tu là ? demande-t-il quand même.

Madeline lève les yeux vers lui, surprise. Elle ne l'a pas entendu entrer. Elle rougit.

– Ce sont tes affaires, quand tu étais petit. Je les ai trouvées dans le grenier.

Jean-Christophe approche et ouvre de grands yeux. Cette caisse, il la reconnaît : c'est celle dans laquelle il a rangé ses dernières affaires le matin où il est parti pour le pensionnat. Elle était sortie de sa mémoire. Il contemple ce que Madeline a étalé sur son lit : galets de ruisseau, bouts de bois, dessins presque effacés. Sa fille ramasse un petit sachet, qui s'ouvre et laisse échapper…

– Des glands, prononce sans s'en rendre compte Jean-Christophe. Mais dis-moi, tu n'as pas mieux à faire de ton temps ?

Tout à coup, il n'aime pas trop le regard que sa fille pose sur lui. Il veut faire diversion.

– Un peu de lecture, par exemple ? propose-t-il en désignant des manuels scolaires.

Madeline réagit au quart de tour. Comme son père, elle travaille bien et elle en est fière.

– J'ai déjà terminé tous ceux que nos professeurs nous ont recommandé de lire. J'ai beaucoup d'avance. J'ai été très efficace.

– Bien, approuve Jean-Christophe. C'est bien.

La famille n'a pas vraiment les moyens d'envoyer Madeline dans le même pensionnat qu'il a fréquenté, mais c'est une tradition familiale. La fillette va devoir effectuer sa prochaine année scolaire à Grayford.

– Exact, enchaîne Madeline, ravie d'avoir fait plaisir à son père. Mais je n'ai pas de devoirs pour le week-end. On pourra faire ce qu'on veut : des puzzles, des jeux de société...

Jean-Christophe a du mal à soutenir son regard. Ses yeux bleus si grands, si innocents, lui rappellent tout ce que son travail lui impose de sacrifier. Ce regard, il l'a déjà vu dans le miroir, quand il était petit. Lorsqu'il parlait à son père des aventures qu'il avait vécues dans les bois. Quand il le suppliait de l'y accompagner et que son père refusait. Il se demande, pour la centième fois, comment il a pu devenir le même homme que son père. En même temps, s'il veut offrir un avenir à sa fille, il doit travailler. Ses yeux se posent sur le gland avec lequel il joue, sans s'en rendre compte, peut-être pour ne pas avoir à regarder sa fille en face.

– Justement, se décide-t-il à dire. Ce week-end, je ne peux pas venir.

– Mais l'été est bientôt terminé ! proteste Madeline d'une voix chevrotante. Et je ne te vois jamais !

– Je sais.

Les mots restent coincés dans sa gorge. Une image lui vient en tête : Giles, son dossier à la main. Alors Jean-Christophe se redresse et reprend :

– Ça m'embête mais, tu sais, les rêves aussi ont un prix. Cela demande du travail. On n'a rien sans rien. Tu comprends ?

Jean-Christophe s'en veut de répéter ces mots. Que Giles lui fasse la leçon, c'est une chose ; mais lui n'a pas à la servir à son enfant. Et il constate avec un mélange de honte et d'horreur que l'espoir quitte les yeux de Madeline. Elle acquiesce lentement et murmure :

– Je comprends.

Puis elle ramasse les glands et les tend à son père en disant :

– Ils sont à toi, je te les donne. Tu veux bien me lire une petite histoire, s'il te plaît ?

– Oh, fait Jean-Christophe, surpris.

D'habitude, c'est Evelyn qui fait la lecture à Madeline.

– Oui, bien sûr, poursuit-il.

Aussitôt, il saisit un manuel scolaire et l'ouvre. Il commence à lire mais ne s'aperçoit pas que la petite lui a tendu un autre livre : un recueil de contes de fées.

– Finalement, papa, rectifie-t-elle, je suis un peu fatiguée.

Pour appuyer ses paroles, elle bâille à s'en décrocher la mâchoire. Elle fait semblant – elle aurait préféré écouter un joli conte plutôt que réviser ses leçons, à cette heure tardive. Puis elle se pelotonne sous les draps.

Jean-Christophe se lève, caresse gauchement l'épaule de Madeline, puis s'éloigne pour la laisser dormir.

– Bonne nuit, dit-il en éteignant la lumière.

Derrière lui, la petite murmure « bonne nuit » et lui tourne le dos. Un dernier regard, et Jean-Christophe referme la porte en soupirant.

Fais de beaux rêves, ajoute-t-il en pensée.

L'excuse qu'il comptait lui présenter lui est restée dans la gorge. Cela vaut sans doute mieux. Madeline n'en trouvera le sommeil que plus facilement.

– Rien ne vous oblige à partir demain, dit Jean-Christophe.

Il mange le dîner qu'Evelyn lui a réchauffé. Le silence n'est troublé que par les cliquetis des couverts et les grincements du parquet. Evelyn est assise à l'autre bout de la table. Elle reste muette. Jean-Christophe a fait de son mieux pour ignorer les regards noirs qu'elle lui lance, mais le silence est devenu insupportable.

– Nous en avons déjà parlé, répond Evelyn. Madeline a besoin de jouer, elle ne peut pas passer tout son temps à étudier.

– Grayford est la meilleure école ! Madeline lit les ouvrages recommandés.

Evelyn pousse un long soupir. Elle aime profondément son époux. Elle l'aime pour sa capacité de travail, sa constance, sa fidélité. Elle aime qu'il se soucie de leur avenir et qu'il veuille le meilleur pour sa fille. Ce qu'elle n'aime pas, en revanche, ce qu'elle n'arrive pas à comprendre, c'est qu'il puisse être aussi strict. L'homme dont elle est tombée amoureuse avait au moins un peu d'imagination. Il souriait, riait, il était prêt à s'amuser et à

faire preuve de spontanéité. Aujourd'hui, parfois, elle ne reconnaît plus l'homme qu'elle a devant elle. Mais ce qu'elle ressent compte moins que leur fille.

– Elle serait prête à tout pour te faire plaisir, affirme Evelyn. Il y a de très bonnes écoles à Londres. Rien ne nous oblige à envoyer Madeline en pension. Tu sais parfaitement qu'elle ne veut pas y aller.

– J'y suis entré au même âge qu'elle, réplique Jean-Christophe en levant les yeux pour la première fois. Elle s'y préparera au monde réel. À sa carrière. C'est notre responsabilité envers elle, non ?

Evelyn lui renvoie un regard glaçant.

– Quoi ? demande-t-il.

Son épouse se lève. Elle remet sa chaise en place, puis vient s'asseoir face à lui et lui prend les mains.

– Tu parles de carrière, mais tu n'aimes pas ton métier, juge-t-elle.

– Je ne vois pas le rapport.

– Moi, je n'ai pas fréquenté Grayford, mais j'aime ce que je fais.

– Certes, mais c'est davantage un passe-temps, pas vrai ?

Evelyn hausse un sourcil. Un éclair passe dans ses yeux, ses pommettes rougissent. Elle aime son époux. De tout son cœur. Mais dans des moments comme celui-ci, il lui donne envie de hurler. Son métier est davantage qu'un passe-temps. Il les aide à payer les factures, et, surtout, Evelyn y puise de l'inspiration. Elle aime aller au travail, côtoyer les ingénieurs, architectes et maçons recrutés par la ville. Au bureau, on respecte son opinion, on rit à ses blagues, on lui adresse la parole. Elle s'y sent valorisée. Chez elle, elle doit s'estimer heureuse si Jean-Christophe et elle arrivent à échanger plus de deux ou trois phrases. Elle soupire longuement.

– La guerre a détruit la moitié de Londres. J'essaie de participer à sa reconstruction. C'est à cela que sert la subvention du gouvernement.

– Tu touches une subvention du gouvernement ? s'étonne Jean-Christophe.

– Je t'en ai parlé il y a des semaines.

Elle lâche les mains de son époux. Quand elle reprend la parole, elle ne cherche même pas à dissimuler sa peine.

– C'est ce que je veux te faire comprendre : même quand tu es à la maison, tu es ailleurs. Un jour, tu vas finir par craquer.

– Si je travaille dur aujourd'hui, plus tard notre vie sera…

Jean-Christophe porte sa fourchette à sa bouche. Evelyn interrompt son geste. Elle a entendu assez d'excuses pour la soirée, sa patience est à bout. Elle lui arrache sa fourchette de la main et le foudroie du regard.

– Elle sera comment ? Meilleure ? Pire ? On s'en fiche ! Nous, on préférerait t'avoir près de nous. C'est ça, la vie, Jean-Christophe. La vie se déroule en ce moment même, devant toi. Coucou !

Evelyn agite les bras en faisant une grimace idiote. Jean-Christophe n'esquisse même pas un sourire. Son épouse baisse les bras et soupire une fois de plus.

– Il y a des années que je ne t'ai pas vu rigoler, confie-t-elle.

– J'ai trouvé ton numéro très amusant, se défend Jean-Christophe.

Evelyn se lève. Elle prend l'assiette de son mari et se dirige vers la cuisine, mais elle s'arrête soudain. Elle jette un regard à Jean-Christophe par-dessus son épaule.

– Je voudrais simplement te voir t'amuser de temps en temps. Ce qui m'a séduite chez toi, ce n'était pas ton brillant avenir.

– C'est déjà assez dur comme ça, n'en rajoute pas, je t'en prie. Je te demande pardon, dit Jean-Christophe en se levant.

Puis il retourne dans l'entrée, où attendent les valises.

– Je remonte mes affaires. Navré de t'avoir donné du travail pour rien.

Mais, arrivé dans le hall, il ne trouve sa valise nulle part.

– Où l'as-tu mise ? veut-il savoir.

– Je ne l'ai même pas préparée, lui réplique Evelyn.

Sans un mot de plus, elle regagne la cuisine, et la porte se referme derrière elle.

Jean-Christophe reste seul dans le couloir. L'initiative de sa femme est plus éloquente que ce qu'elle a pu dire à table. L'effet est plus dévastateur qu'un coup de poing. Comment en sont-ils arrivés là ? À une autre époque, ils auraient trouvé le moyen de rire de cette situation. Il aurait trouvé du réconfort auprès d'Evelyn, il lui aurait parlé de ses soucis. Aujourd'hui, leurs échanges n'ont plus rien d'intime. Et Jean-Christophe sait que c'est en grande partie sa faute. Evelyn est patiente, douce, adorable. Il sait qu'elle l'aime. Mais il se montre distant avec elle depuis si longtemps qu'il ignore comment se rapprocher d'elle.

Je risque de la perdre, frémit-il tandis qu'il monte dans leur chambre. *C'est peut-être elle qui a raison : peut-être que je ne sais plus m'amuser…*

Jean-Christophe dort mal, cette nuit-là. Il se retourne dans son lit, tourmenté par de drôles d'images qui lui reviennent en mémoire et lui arrachent des cris. Une forêt étrange, comme hantée, emplie de rêves. Et à travers l'épais brouillard qui enveloppe les arbres et recouvre le sol, il distingue des silhouettes d'ours, de lapins, d'ânes et de cochons.

Il se réveille en sursaut, le front en nage, et se tourne vers la place qu'occupe d'habitude son épouse. Cette moitié du matelas est froide. Un soleil faible filtre à travers les rideaux. Le jour s'est levé. Au rez-de-chaussée, il entend la porte d'entrée qui s'ouvre, la voix de sa fille qui se mêle à celle d'Evelyn. Elles se préparent à partir.

Jean-Christophe rejette les draps, s'habille à la va-vite, puis descend. Devant la maison, il aperçoit une voiture qui attend, le coffre déjà plein. Evelyn et Madeline sont dans le salon. C'est à peine si elles lui accordent un regard lorsqu'il les y rejoint.

– Bon, eh bien, commence-t-il, je vous souhaite un bon week-end.

Il se penche pour serrer Madeline contre son cœur, mais celle-ci reste de marbre, alors il se contente d'un bisou sur la joue et de quelques tapes dans le dos.

En retour, la fillette le gratifie d'un bref signe de la tête avant de s'éloigner. Mais elle se fige tout à coup. Elle se retourne vers son père et lui tend un petit papier plié.

– C'est un de tes dessins, explique-t-elle. Je l'aime bien. Tu pourrais le disposer à côté du mien sur ton bureau.

Jean-Christophe acquiesce. Madeline affiche un mince sourire et sort. Evelyn attend qu'elle soit dehors pour dire au revoir à son mari. Jean-Christophe ignore si c'est intentionnel ou pas, mais son rapide baiser sur la joue et sa tape dans le dos ne trahissent aucune chaleur ou émotion. Cela ressemble davantage à une punition pour la façon dont il vient de saluer sa fille. Ou pour son comportement en général. Sans un mot de plus, Evelyn retrouve Madeline. Jean-Christophe les regarde partir.

– Je m'en veux, marmonne-t-il avec un signe de la main.

Mais il sait que c'est trop tard. Il rentre dans la maison avec un soupir. Il pose sa mallette sur la table de la cuisine. La bouilloire se met à chanter, Jean-Christophe se prépare un thé, la tête ailleurs. Puis, avec son efficacité habituelle, il ouvre sa mallette et s'assure qu'il a tout ce qu'il lui faut. Ensuite, il déplie le dessin que lui a remis Madeline. À sa grande surprise, il découvre les traits de son vieil ami, Winnie l'Ourson.

C'est comme si la foudre le frappait. Ses drôles de rêves de la nuit lui reviennent. Il en a la chair de poule. Il n'a plus songé à cet ours depuis des années. Pourtant, en revoyant ce dessin, il entend presque Winnie, il sent presque les odeurs de la Forêt des Rêves bleus. Un sourire s'étire lentement sur ses lèvres…

Au même instant, dans l'entrée, la grande horloge sonne. Jean-Christophe bondit, son sourire s'envole. Il pose le dessin, s'empare de sa mallette et se dirige vers la porte. Sa jambe bute contre la table, et un petit pot de miel que Madeline a laissé ouvert se renverse. Jean-Christophe ne s'en aperçoit pas et quitte la maison en claquant la porte.

Dans la cuisine, le petit pot roule. Le miel dégouline sur le dessin de Winnie. Trois secondes plus tard, le pot se brise par terre.

Chapitre 3

Les retrouvailles

Winnie s'éveille en marmonnant, en grommelant, puis en reniflant. Son bonnet de nuit rouge de travers, il commence par s'étirer le cou. Il a l'impression d'avoir dormi pendant des années. Soudain, il grelotte, mais, très vite, la chaleur se répand en lui. Il s'assoit, hume l'air. Un très, très bon parfum parvient à ses narines.

– Hum… Du miel !

L'odeur le conduit au buffet. Il observe son reflet dans le miroir en pied posé à côté. Il scrute son pelage en bataille, son bonnet de travers. Il se lisse le pelage, les sourcils froncés. Un détail le perturbe :

– J'ai oublié ce que je dois faire, dit-il.

Mais, tout à coup, son regard s'illumine quand il voit les placards de la cuisine.

– Ah, oui ! Il est l'heure de me donner faim avec mes exercices.

Aussitôt, il se penche pour que ses pattes avant touchent ses pattes arrière. Puis il se redresse et recommence. L'exercice se poursuit en chanson :

– Mains en l'air et mains en bas, ça ouvre l'estomac ! Haut, bas, tirez bien, ça vous donnera… très faim !

Son ventre répond par un gros gargouillis. Ses exercices matinaux terminés, Winnie se précipite devant le placard. Il sait que ça n'est pas vrai, mais on pourrait croire qu'il ne l'a pas ouvert depuis une éternité. C'est le placard aux pots de miel, et Winnie mange du miel tous les jours. Son ventre gargouille encore au moment où il saisit un pot. Mais horreur ! Il est vide ! Winnie en prend un autre… vide lui aussi ! Il en choisit un troisième, puis un quatrième, un cinquième…

Tous vides !

– Quelqu'un a mangé tout mon miel ! Mais j'ai toujours ma petite réserve en cas d'urgence. Elle est cachée quelque part.

Au fin fond du placard, dissimulé derrière une foule de pots vides, il trouve un pot qui porte l'étiquette « Miel dur gence ». Winnie ferme les yeux et s'en lèche les babines à l'avance. Puis il fourre sa patte dans le pot mais, quand il l'en ressort, elle n'est couverte de rien. Il regarde au fond du récipient, les yeux plissés. Il cherche à repérer la goutte de miel qu'il aurait ratée. Il enfonce la tête encore un peu… jusqu'à ce que… *pop !* elle rentre tout entière dans le pot.

Il faut à Winnie quelques instants d'efforts pour arriver à se dégager, mais il y parvient avec un nouveau *pop !* L'ourson se retrouve avec, collé au bout du nez, un petit papier sur lequel est écrit : « Winnie, je te dois un pot de miel dur gence. Signé Winnie. »

Il plisse le front. Son ventre gargouille plus fort. Ce n'est pas bon signe. Il a fait ses exercices, il a donc très, très faim. D'une patte, il se tapote la tempe.

Du miel, du miel, du miel.

Où pourrait-il trouver du miel ? Tout à coup, une idée lui vient !

– Porcinet aura peut-être un pot de miel dur gence qui n'aura pas encore été mangé par moi ou par cet autre Winnie !

Il n'a qu'à aller lui poser la question. Il enfile son maillot rouge, puis ouvre la porte d'entrée mais… il reste bloqué sur le seuil. Il n'a pas vraiment envie de sortir. La journée s'annonce en effet triste et brumeuse. Et puis ce silence… Un silence qui n'est rompu que par le ventre de Winnie, qui gargouille à nouveau.

Winnie n'hésite pas longtemps. Le voilà déjà qui s'enfonce dans le brouillard.

Bientôt, il arrive chez son ami, au pied d'un grand hêtre. La porte marron n'a pas changé depuis sa dernière visite. La petite lucarne située au-dessus est ouverte. Pourtant, la maison dégage une impression étrange. La pancarte marquée « Fense d'entrée » est de travers. La mousse a commencé à grignoter les mots. L'endroit paraît... oublié.

– Porcinet ? C'est Winnie ! Tu es là ?

Aucune réponse.

Il pousse la porte et scrute l'intérieur. Pas de Porcinet en vue. L'ourson fronce les sourcils. Où son ami peut-il être en cette journée toute grise ? Une patte contre la tempe, il s'encourage :

– Réfléchis, réfléchis, réfléchis. Qui peut vouloir rester seul par une journée pareille ?

Soudain, il cesse de se tapoter la tête. Mais bien sûr ! Personne n'a envie d'être seul ! Porcinet est forcément allé trouver un de leurs autres amis. Winnie part aussitôt à la recherche de Bourriquet.

Comme on peut s'y attendre, la maison de l'âne est triste. Et avec le brouillard, elle est encore plus sinistre. Pas un bruit à l'intérieur, comme chez Porcinet. L'ourson la trouve d'ailleurs en aussi mauvais état.

– Bourriquet ?

Aucune réponse.

En repartant, il se dit que ses amis sont peut-être allés trouver Coco Lapin. Ce dernier a toujours réponse à tout. Ils sont peut-être allés lui demander pourquoi la Forêt semble être… à l'abandon.

Mais quand il arrive chez Coco, Winnie trouve les lieux déserts.

– Coco ! J'ai besoin d'une réponse !

En général, ce genre d'appel suffit à faire sortir le lapin de son trou. Hélas, cette fois, il ne pointe pas le museau. Et lorsque Winnie enfonce sa tête dans le terrier, il le découvre aussi vide que les maisons de Porcinet et de Bourriquet.

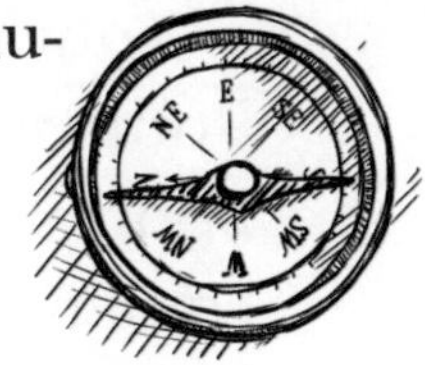

– Oh, la barbe ! marmonne l'ourson. Où sont-ils tous passés ?

Winnie continue d'explorer la Forêt des Rêves bleus. Où qu'il aille, il ne croise personne.

– Ohéééé ! Il y a quelqu'un ? Grand Gourou, Petit Gourou ? Tigrou ? Maître Hibou ?

Personne ne lui répond. Il frissonne, tire son maillot rouge sur son ventre. Qu'a-t-il bien pu arriver à ses amis ?

Winnie ne sait pas quoi faire. En cas de problème, normalement, ses amis sont là pour l'aider. Mais pas aujourd'hui. Si seulement Jean-Christophe ne les avait pas quittés. Lui, il aurait su l'aider. D'ailleurs, où a-t-il pu aller ? Winnie ne l'a pas revu depuis… une éternité.

Tout à coup, à travers le brouillard, l'ourson aperçoit un éclair coloré. Une bourrasque de vent balaie la Forêt, et la couleur se précise : du vert. Winnie a devant lui une porte verte incrustée dans le pied d'un gros arbre. Une nouvelle bourrasque secoue celui-ci et la porte s'entrouvre en grinçant. Winnie sourit. Cette porte, il la connaît…

– La porte de Jean-Christophe !

La peinture verte s'écaille, le battant est envahi de plantes grimpantes, des feuilles s'entassent par terre.

– Jean-Christophe ? Tu es là ?

Comme pour lui répondre, le vent forcit. La porte s'ouvre en grand.

Oubliant sa peur, Winnie se précipite jusqu'au seuil.

– Jean-Christophe ? C'est moi, Winnie l'Ourson ! Tu es enfin revenu ?

Aucune réponse. Winnie se tapote à nouveau la tempe.

– Réfléchis, réfléchis, réfléchis…

Que faire, que faire ? Il songe à ses amis disparus. Puis à la porte verte. Il pense au miel – mais deux secondes à peine. Une idée lui vient : il doit aller chercher Jean-Christophe !

– Oui ! Il va m'aider à retrouver mes amis !

L'ours écarte plantes grimpantes et feuilles mortes, puis prend une profonde inspiration. Après quoi, avant que la peur ne l'en dissuade, il franchit le seuil et s'aventure dans le noir.

L'instant d'après, la tête de l'ourson surgit d'un vieux tronc d'arbre. Il regarde autour de lui. Il est toujours dehors. Mais plus dans la Forêt des Rêves bleus. Le soleil brille, des oiseaux gazouillent. Il est dans un jardin.

– Jean-Christophe ! Ohé ! appelle-t-il.

Toujours pas de réponse. Winnie se dégage du tronc. Si la porte verte est celle par laquelle Jean-Christophe rejoint la Forêt des Rêves bleus, Winnie n'a qu'à le chercher !

Et le voilà qui explore le jardin, scrute derrière les buissons et les fontaines à oiseaux. Mais pas la moindre trace de Jean-Christophe ! Il passe devant une très grande maison, mais son ami n'est toujours pas là. Il pousse un portillon vert. De l'autre côté, une longue allée borde un jardin.

– Si j'étais Jean-Christophe, s'interroge l'ourson en s'engageant sur le chemin, où serais-je ?

Au bout de l'allée, Winnie reste les pattes ballantes. Il ne sait pas quoi faire. Jean-Christophe est forcément quelque part. Mais comme Winnie n'est jamais sorti de la Forêt des Rêves bleus, il angoisse. La faim l'assaille. Difficile d'avoir les idées claires quand on a le ventre qui gargouille.

Deux fillettes passent alors devant lui. Elles doivent avoir le même âge que son ami. Peut-être lui rendent-elles visite ? L'ourson leur emboîte le pas. Chemin faisant, il voit apparaître de gros objets bruyants montés sur roues, qui poussent comme des cris de canard. Winnie est perturbé, il perd de vue les fillettes et se retrouve au milieu d'une forêt de jambes.

– Que de monde, dans cette forêt ! Où vont donc tous ces gens ?

Bizarrement, personne ne semble remarquer sa présence. Enfin... jusqu'à ce qu'il se retrouve museau à museau avec un très gros chien aux babines retroussées, qui gronde.

– Je cherche Jean-Christophe, articule Winnie, qui ne saisit pas que l'animal est en colère. L'as-tu vu quelque part ?

Le chien aboie très fort. Au même moment, Winnie remarque une grosse carotte posée sur une charrette, hors de portée de l'animal.

– Oh ! fait-il en croyant interpréter le comportement du chien. Toi aussi, tu as faim ?

Il prend la carotte et la donne au chien. Celui-ci agite la queue et se jette sur le cadeau.

– Il faudra que je te présente à mon ami Coco Lapin, commente l'ourson en souriant. Si j'arrive à le retrouver !

Un rapide au revoir au chien, qui n'est plus en colère, et Winnie poursuit l'exploration de la rue. Il a beau scruter partout, nulle part il n'aperçoit Jean-Christophe. Ni derrière une bouche d'incendie, ni derrière des portes ouvertes.

– Oh, la barbe ! râle Winnie.

Il commence à perdre espoir, quand soudain une abeille passe en voletant au-dessus de sa tête. Instantanément, son ventre gargouille.

– Bonjour, l'abeille ! lance-t-il en riant. Je t'en supplie, dis-moi que tu as un arbre à miel près d'ici...

Et il se met à suivre l'insecte, qui zigzague dans les rues. Winnie fait de son mieux pour ne pas se laisser distancer, malgré la foule qui se presse sur les trottoirs. L'abeille franchit enfin une palissade et se réfugie dans le jardin où Winnie se trouvait un peu plus tôt.

– Oh... se désole l'ourson.

Son ventre gargouille encore plus fort. Winnie sait bien qu'il doit continuer ses recherches, mais il se sent de plus en plus faible. Il n'ira plus très loin s'il ne mange pas du miel ou s'il ne fait pas la sieste. Il décide de se reposer au pied du plus gros arbre. Voilà qui est mieux. Il n'a qu'à fermer les yeux un moment. Une fois reposé, il pourra repartir à la recherche de Jean-Christophe… et de miel.

Jean-Christophe se lève et s'étire. Son dos craque. Il est resté assis, penché sur son bureau, depuis son retour au Département Efficacité, au début de la matinée. Il n'a même pas fait de pause-pipi ou déjeuner. Malheureusement, tout ce travail n'a pas donné de résultats. À en juger par les mines épuisées et défaites de ses collaborateurs, le leur non plus. Alors il leur dit de rentrer chez eux et leur emboîte le pas. Il n'a qu'une envie, retrouver sa maison, boire un verre, puis se coucher.

Hélas, quand le bus le dépose devant chez lui, il aperçoit son voisin Cecil, qui l'attend à sa porte. Voilà des mois qu'il lui réclame de terminer leur partie d'échecs. Jean-Christophe se presse de franchir le portillon vert et s'engouffre discrètement dans le jardin.

Perdu dans ses pensées, il va s'écrouler sur un banc, à l'ombre du plus grand arbre. Il se prend la tête à deux mains. De l'autre côté du tronc, Winnie se réveille de sa sieste. Il a encore faim, et il ne sait toujours pas où trouver son ami.

– Qu'est-ce que je vais faire ? se lamente Jean-Christophe.

– Qu'est-ce que je vais faire, en effet ? lui fait écho Winnie.

Jean-Christophe relève la tête. Cette voix ! Il se retourne et écarquille les yeux.

– Winnie ?!

– Jean-Christophe ! se réjouit l'ourson dans un cri bien plus joyeux que celui de son ami.

L'homme se lève d'un bond avant de faire quelques pas à reculons.

– Non, non, c'est... c'est impossible, bredouille-t-il. Tu ne peux pas être là ! Ça n'est pas possible.

Le voilà maintenant qui tourne en rond. Il cherche une explication rationnelle à la présence de son ami d'enfance dans ce jardin. Un rêve ? Il se pince. Non, il ne rêve pas.

– C'est le stress, dit-il à voix haute. Je suis épuisé. Mince alors ! Evelyn m'avait prévenu…

Tout en parlant, il se promène autour du banc et se retrouve face à face avec Winnie, qui lui sourit.

– Je perds la tête… soupire Jean-Christophe.

– Oh non, elle est juste là, lui assure Winnie en lui caressant une main. Mais j'y vois quelques rides, à présent.

La remarque est si simple, si typique de Winnie, que Jean-Christophe éprouve le besoin de s'asseoir. Tout cela est bien réel. Son ami d'enfance est bien là, devant lui. La patte toute chaude de l'ourson ne fait que le lui confirmer. Sitôt que Winnie l'a touché, Jean-Christophe s'est cru transporté dans la Forêt des Rêves bleus.

– Winnie ?! Mais comment as-tu fait ?

– Je suis passé par la porte verte, Jean-Christophe.

– Mais, dans mon souvenir, l'arbre se trouve dans les bois derrière notre maison de campagne. Pas ici, à Londres.

– J'imagine qu'elle est là où l'on en a besoin.

Jean-Christophe doute encore. Il inspecte le grand arbre, son pied, ses branches, son tronc.

– Aucune ouverture, constate-t-il. Aucune porte.

– Oh ?! s'étonne Winnie. C'est que nous n'en avons plus besoin, alors.

– Voilà une explication bien sommaire, rétorque Jean-Christophe.

– Merci beaucoup, lui sourit fièrement son ami.

Puis son front se plisse quand il remarque l'expression grave de Jean-Christophe.

– Es-tu heureux de me voir, Jean-Christophe ? demande-t-il à voix basse.

La question prend l'homme par surprise. Une question très sérieuse, posée par un personnage jamais très sérieux. L'ourson le fixe de ses grands yeux. Une chaleur envahit Jean-Christophe à mesure que des souvenirs lointains lui reviennent. Oui, comprend-il, il est heureux de revoir son ami. Du moins, aussi heureux qu'il peut l'être en ce moment. Il s'apprête à le dire quand des bruits de pas le distraient. Trois secondes plus tard, Cecil apparaît.

– Bonjour, bonjour ! lance le voisin, curieux.

Jean-Christophe a tout juste le temps de glisser Winnie sous son ample pardessus. Puis il lui couvre la tête avec son chapeau. L'ourson n'apprécie pas ! Le voilà qui se débat.

– Qu'as-tu donc là, grand cachottier ? enchaîne Cecil.

– Un chat. Nous venons de l'adopter.

– Oh... Je peux le caresser ?

– Je ne préfère pas, non.

Cecil est incorrigible. Pourquoi insiste-t-il ? Il voit bien que Jean-Christophe est mal à l'aise.

– Il est méchant, invente ce dernier. Et malade, aussi. En plus, il mord.

Ce dernier argument est le bon : Cecil recule. Jean-Christophe aussi.

– J'allais le ramener chez nous pour lui donner du lait, dit-il, pour qu'il reprenne des forces.

Sous le pardessus, Winnie s'était calmé un instant, intrigué par une fermeture Éclair. Mais le voilà qui s'agite de nouveau.

– J'ai mal ! proteste-t-il.

Le marmonnement étouffé était tout de même assez fort pour que Cecil l'ait entendu.

– Qu'est-ce que... ?

Jean-Christophe s'efforce de rester zen. Cette petite entrevue doit prendre fin. Et vite.

– C’est moi qui ai parlé, affirme-t-il avant de prononcer la suite en imitant Winnie : j’ai mal… malheureusement du travail. Je ne vais pas pouvoir achever notre partie d’échecs.

Explication très moyenne, qui semble pourtant convenir à Cecil. Celui-ci se décide en effet à partir, non sans avoir adressé un dernier regard suspect à Jean-Christophe. Et à son pardessus.

– À demain, alors, dit-il. Nous avons tout le week-end !

Jean-Christophe acquiesce et s’empresse de rentrer chez lui.

Chapitre 4

Un ami envahissant

— C'est délicieux ! se régale Winnie, du miel plein la bouche. Tu es sûr que tu n'en veux pas, Jean-Christophe ?

Celui-ci promène son regard sur la table de la cuisine. Elle est recouverte de pots. Jean-Christophe angoisse de savoir son ami ici, à Londres. Voilà une demi-heure qu'il tente de mettre de l'ordre dans ses idées. En vain. Tout ce qu'il sait, c'est que Winnie est bien réel. Son pelage est tout usé, mais en dehors de ça, il reste le même.

– Winnie, comment m'as-tu reconnu, après toutes ces années ?

– Oh, mais tu n'as pas changé du tout !

– J'ai *énormément* changé, oui !

Il n'était qu'un enfant lorsqu'il a quitté la Forêt des Rêves bleus. Un petit garçon innocent qui croyait à des choses impossibles et ne se souciait pas de réduction des coûts ni d'efficacité.

– Pas là, non, déclare Winnie en désignant les yeux de son ami. C'est toujours toi qui me regardes.

Jean-Christophe pousse un soupir. Si seulement cela pouvait être vrai… Il sait qu'il a changé.

Et changé en mal, estime-t-il en regardant d'un mauvais œil la petite flaque de miel par terre et Winnie qui saute dedans. Le Jean-Christophe d'autrefois aurait sauté avec lui dans le miel. Au lieu de ça, il court prendre un torchon.

Winnie ne se rend pas compte qu'il laisse des traces de miel derrière lui. Tout à son bonheur d'avoir mangé, il explore la maison de Jean-Christophe. Après la cuisine, la bibliothèque.

– C'est très grand, chez toi ! Tu vis seul ?

– Non, répond Jean-Christophe en essuyant les traînées de miel sur les livres. Ce week-end, ma femme et ma fille sont à la campagne.

– Pourquoi n'es-tu pas avec elles ?

Winnie n'est pas spécialement ému d'apprendre que son ami est désormais un père et un mari. Le temps que Jean-Christophe réponde, il est passé au salon… Il marche sur un tapis qui a coûté une petite fortune à Evelyn.

– J'ai du travail. Mais toi, pourquoi n'es-tu pas dans la Forêt des Rêves bleus ?

– Parce qu'il n'y a personne nulle part. Et j'ai regardé partout !

– J'ignore où ils peuvent être, malheureusement, souffle Jean-Christophe.

Et même si je le savais, que puis-je faire ? Je suis navré, Winnie.

Un bâillement lui échappe. Il se tourne vers la pendule.

– Il se fait tard, je suis fatigué… explique Jean-Christophe.

Un ronflement emplit le salon. C'est Winnie, qui s'est endormi dans un fauteuil.

Jean-Christophe s'approche de lui. L'ourson a l'air si paisible, si doux, si serein. Jean-Christophe se demande quand lui-même a dormi ainsi pour la dernière fois. Sur ce, il prend délicatement Winnie dans ses bras et monte le coucher dans la chambre de Madeline.

Durant quelques secondes, Jean-Christophe reste à l'observer. Il ne se rappelle pas à quand remonte la dernière fois où il a regardé dormir sa fille. Jamais il ne lui est venu à l'esprit de profiter de ces instants de paix et d'innocence. Les souvenirs affluent dans sa mémoire, comme cette délicieuse sensation de s'effondrer sur son lit après avoir passé la journée à jouer dans la Forêt avec Winnie et les autres. Ou bien celle de se pelotonner sous les couvertures pour écouter sa mère lui lire une histoire.

Il aperçoit soudain la caisse descendue du grenier. Il va l'ouvrir, sur la pointe des pieds : quelques glands, une brindille, un bout de tissu. Mais surtout des dessins. Les traits de crayon sont estompés. Pourtant, l'adulte sourit à la vue de ces visages familiers. Winnie y tient la place d'honneur, bien sûr. Mais il y a aussi Bourriquet, la mine maussade. Le petit Porcinet. Coco Lapin, Maître Hibou et Tigrou, ainsi que Grand Gourou et Petit Gourou.

Winnie émet soudain un grognement qui fait sursauter Jean-Christophe. Il lâche le dessin qu'il contemplait.

– Bonne nuit, Winnie l'Ourson, chuchote-t-il.

Tu m'as manqué, ajoute-t-il dans sa tête.

Il regagne sa chambre et se couche. Malgré les pensées qui tourbillonnent dans son esprit, il s'endort avant même que sa tête ait touché l'oreiller.

Un grondement réveille Jean-Christophe en sursaut. Il se frotte les yeux. Puis le bruit retentit à nouveau, plus fort. Le train ne passe pourtant pas à proximité de la maison. Troisième grondement, toujours plus intense. Jean-Christophe se croirait presque sur un champ de bataille.

Il rouspète tandis que ses yeux s'habituent à l'obscurité. Il comprend que ces bruits proviennent… de Winnie ! Celui-ci est venu le retrouver dans son lit en pleine nuit.

Au quatrième grondement, Winnie se réveille d'un bond. Il virevolte en l'air et atterrit les fesses contre la figure de Jean-Christophe. Puis il s'étire.

– Il est l'heure de me donner faim avec mes exercices, annonce-t-il. Pattes en l'air et pattes en bas…

Chaque fois que l'ourson se penche en avant, ses fesses se balancent devant Jean-Christophe, et son ventre gargouille.

– Tu as déjà faim, Winnie ? demande Jean-Christophe en écartant sa tête.

– Oh, oui ! confirme l'ourson en sautant au pied du lit pour descendre jusqu'à la cuisine.

Un bref instant, un calme appréciable règne dans la chambre. Quand soudain…

BOUM !

Jean-Christophe jaillit de son lit à l'instant où un nouveau *boum !* monte du rez-de-chaussée. Il dévale l'escalier. Une des étagères de la cuisine s'est écroulée. Au milieu de ce bazar, aussi innocent qu'un nouveau-né, Winnie déclare :

– Ton échelle est cassée.

Jean-Christophe secoue la tête et se met à ranger la pagaille.

– Ce n'est pas une échelle, Winnie. C'était une étagère.

– C'est pour ça que j'avais du mal à grimper !

– Je n'ai pas le temps de jouer, soupire Jean-Christophe. Le travail m'attend. Je dois trouver une solution.

Puis, à mi-voix :

– Même si je pense que c'est impossible.

Il ouvre ensuite un pot de miel.

Étrange, se dit-il, *je croyais que Winnie avait tout dévoré hier soir...*

L'ourson hausse les épaules, fourre une patte dans le pot et déclare :

– On dit que rien n'est impossible, mais moi, je ne fais rien tous les jours.

– Oh, Winnie. Ça n'est pas... Laisse tomber.

Il sait qu'il est inutile de vouloir s'expliquer avec lui, mais il essaie quand même :

– Écoute, je suis un adulte désormais. J'ai des responsabilités. Il ne faut pas me déranger. C'est pourquoi je vais te demander de rentrer chez toi.

– Mais comment ? rétorque Winnie.

Jean-Christophe se sent coupable. Winnie est venu lui demander de l'aide, et il le repousse. Cela dit, il ne peut pas perdre son week-end non plus. Et en même temps… il devrait peut-être faire un effort.

BOUM !

Une autre étagère s'est effondrée. Un paquet de farine a valdingué au sol en répandant un nuage dans la cuisine… et sur Jean-Christophe. Non. Sa première idée était la bonne. Il prend Winnie à deux mains et le cale sous son bras. Puis il monte s'habiller. Après quoi il se rendra dans le Sussex, là où se trouve la maison de campagne de son enfance, là où Evelyn et Madeline sont parties passer le week-end… Là où il ramènera l'ourson dans la Forêt des Rêves bleus.

Chapitre 5

EN ROUTE !

Transporter un ours qui parle dans les rues de Londres n'est pas chose facile. Jean-Christophe se presse, sa mallette dans une main, Winnie sous l'autre bras. Il regrette de ne pas avoir pris un taxi. Marmonnant à voix basse, il s'efforce d'être le plus discret possible.

Winnie, lui, fait… tout le contraire.

– Que de bruit ! peste-t-il en gesticulant.

Il va se démonter le cou, à force de vouloir suivre du regard les voitures et les passants.

– Et de mauvaises odeurs, ajoute-t-il.

– Bienvenue à Londres ! commente Jean-Christophe.

Puis il pénètre dans une cabine téléphonique. Il cale Winnie sur la tablette où repose l'annuaire et le pointe du doigt.

– Écoute-moi bien, lui dit-il. Les gens ne doivent pas te voir ni t'entendre.

– Mais pourquoi ? Tout le monde te voit et t'entend, toi, pourtant !

Jean-Christophe soupire. Il a l'impression de discuter avec un enfant de deux ans.

– Tu n'es pas comme tout le monde. Or, les gens n'aiment pas ce qui est différent.

– Oh, fait Winnie. Donc je ne devrais pas être moi ?

– Je… euh… bredouille Jean-Christophe. Non, sois toi-même. Toujours.

– Je n'y comprends rien, avoue l'ourson en inclinant la tête sur le côté.

Puis il se tapote le ventre et suppose :

– C'est peut-être la faim.

– Tu viens de manger ! s'exaspère Jean-Christophe.

– Oh ! C'est vrai, convient Winnie, ravi d'apprendre qu'il n'a pas faim. Alors c'est peut-être que j'ai trop mangé.

– Laisse tomber. Écoute, pour l'instant, fais comme si tu étais un sac de patates.

Winnie joue alors les sacs de patates. Mais il ressemble malgré tout davantage à un vrai ours qu'à une peluche. Une peluche…

– J'ai une idée ! s'écrie soudain Jean-Christophe. Fais semblant de dormir.

– Oh ! répond Winnie en battant des mains. J'adore jouer à ça !

Et le voilà qui s'immobilise. Cette fois, on dirait vraiment une peluche.

– Parfait ! approuve Jean-Christophe en le chargeant sur son épaule.

Ainsi, il peut ressortir de la cabine et reprendre le trajet jusqu'à la gare. Fort heureusement, celle-ci est proche. Les deux amis arrivent presque au train quand la curiosité de Winnie est trop forte : l'ourson entrouvre un œil et... aperçoit un vendeur de ballons.

– Oh ! souffle-t-il à l'oreille de Jean-Christophe. Je peux avoir un ballon, s'il te plaît ?

– Chut ! murmure son ami. Tu n'en as pas besoin.

– Je sais que je n'en ai pas besoin. Mais j'en ai envie. Beaucoup, beaucoup.

Un soupir, et Jean-Christophe se dirige vers le vendeur. Depuis qu'il est père, il sait que parfois il vaut mieux céder.

– Un ballon, s'il vous plaît, réclame-t-il au vendeur.

– Quelle couleur ?

– Rouge ! dit l'ours avant que Jean-Christophe ait pu l'en empêcher.

Par chance, le vendeur a la tête tournée, et il ne remarque pas que c'est l'ourson qui vient de parler. Il saisit un ballon rouge par la ficelle et le tend à Jean-Christophe. Celui-ci paie, puis s'en va acheter un billet. Sur son épaule, Winnie s'empare de la ficelle et reprend son numéro de dormeur.

Soulagé d'avoir évité un drame, Jean-Christophe se présente au guichet.

– Un aller-retour, s'il vous plaît, demande-t-il à l'employé.

Il pose Winnie par terre pour prendre son portefeuille. Le ballon lui tapote la figure.

– Pour Hartfield, dans le Sussex.

Le ballon lui revient en pleine face.

– Tu me gênes, là ! souffle-t-il à l'attention de Winnie.

Le ballon s'éloigne. Jean-Christophe paie son billet, range son portefeuille, puis consulte sa montre. Tout se passe bien.

– Nous avons deux minutes d'avance, annonce-t-il. Excellent, non ?

Winnie ne répond pas. Jean-Christophe braque son regard là où son ami devrait se trouver.

L'ourson et le ballon rouge ont disparu.

Winnie s'amuse comme un petit fou. Il a fait ce que Jean-Christophe lui a demandé : arrêter de le gêner. Il se promène dans la gare avec son ballon rouge qui flotte au-dessus de lui.

Il remarque un petit garçon dans une poussette et va lui dire bonjour. Le petit l'agrippe, lui et son ballon, et ne les lâche plus. Winnie aime se faire transporter, c'est vrai, mais là, il tremble à l'idée de ne pas réussir à retrouver Jean-Christophe.

– Allons-nous être amis ? lui demande Winnie en se débattant.

Vu la force avec laquelle l'enfant le serre, il en doute. Heureusement pour lui, Jean-Christophe accourt tandis qu'il commence à suffoquer.

– Il est à moi ! s'exclame l'adulte en arrachant la peluche des mains de l'enfant.

– C'est vrai, confirme Winnie avec un sourire.

Le petit n'apprécie pas. Il se met à hurler. Sa mère, qui discutait avec un porteur de bagages, se tourne vers lui.

– Bonté divine ! crie-t-elle. Avez-vous pris le jouet de mon fils ?

– Il m'a pris mon ours ! lui rétorque Jean-Christophe.

Un sifflet retentit alors.

– Dernier appel ! lance le chef de gare.

Jean-Christophe fonce vers son quai. Le ballon flotte derrière lui.

– Tu étais censé faire semblant de dormir, marmonne Jean-Christophe à Winnie.

– Je me suis réveillé très vite, se défend maladroitement l'ourson.

Jean-Christophe le tient par une jambe, et Winnie est ballotté la tête à l'envers. Il ouvre de grands yeux alors qu'il remarque un stand de bonbons. Même dans cette position inconfortable, ces confiseries sont alléchantes. Comme s'il devinait les pensées de son ami, Jean-Christophe presse le pas.

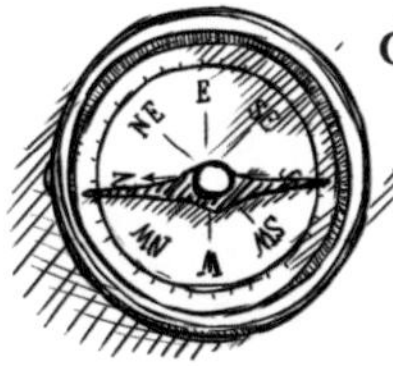

Quelques instants plus tard, il grimpe dans un wagon. Derrière lui, les portes claquent. Jean-Christophe pousse un soupir de soulagement. Il ne reste plus qu'à trouver le wagon-restaurant et à s'assurer que Winnie se fasse oublier jusqu'à la fin du voyage.

Il fait un pas en direction du wagon-restaurant… mais quelque chose le retient. Ce maudit ballon rouge est resté à l'extérieur du wagon !

– Jean-Christophe ! s'écrie Winnie en montrant du doigt le ballon.

Son ami lui arrache la ficelle des mains.

– Mon ballon ! se désole l'ourson.

– Il est parti. Tu n'en as pas besoin.

– Peut-être, mais il me rendait heureux, objecte Winnie, le front plissé. Pas toi ?

– Pas vraiment, répond Jean-Christophe tout en l'entraînant.

Il est trop fatigué pour jouer à l'enfant qu'il a été. L'homme qu'il est devenu est épuisé. Et exaspéré ! Il n'a qu'une envie : raccompagner Winnie à la campagne.

Pour que sa vie puisse ensuite reprendre son cours normal.

Chapitre 6

Retour dans la Forêt des Rêves bleus

Jean-Christophe n'a pas cessé de travailler depuis que le train a quitté Londres, il y a près de deux heures. Mais la solution lui échappe toujours. Il barre deux noms dans une liste d'employés et note « 17 % » dans la marge.

– Tu emportes toujours une valise avec toi ?

La question de Winnie le fait sursauter. Il lève les yeux vers l'ourson. Celui-ci se tient tranquille depuis le départ de la gare.

– Ma mallette ? corrige l'adulte. La plupart du temps, oui.

– Est-elle plus importante qu'un ballon ?

– Plus importante, oui.

– C'est un peu comme un doudou, alors ?

Jean-Christophe se retient de grogner.

– Tout à fait, finit-il par reconnaître. Comme un doudou.

– Elle fait quoi, ta valise ?

– Elle renferme des affaires très importantes. Tu veux bien jouer seul ? J'ai du travail.

Et il se replonge dans ses documents, un peu surpris que Winnie obéisse. Le silence envahit leur compartiment. Puis il se brise.

– Maison. Nuage. Maison. Pelouse. Chien. Pelouse encore.

– Qu'est-ce que tu fabriques… ? soupire Jean-Christophe.

– Je joue à un jeu, explique l'ourson. Ça s'appelle « Dis ce que tu vois ».

– Pourrais-tu faire moins de bruit en jouant, s'il te plaît ?

Winnie obéit et se tait. Mais comme précédemment, ça ne dure pas.

– Maison. Arbre. Pelouse.

L'ourson se remet à énumérer ce qu'il voit défiler par la vitre. À voix basse, certes.

– Arbre. Étang. Arbre. Ça, je ne connais pas. Buisson. Homme. Maison…

Jean-Christophe a un début de migraine. L'envie le démange de gronder Winnie, de lui dire de se taire. En même temps, l'ourson ne pense pas à mal. Et puis Jean-Christophe lui a conseillé d'être lui-même.

Il se penche sur ses papiers. Encore au moins une heure avant d'arriver à Hartfield. S'il travaille dur, il obtiendra peut-être des résultats…

Winnie s'endort bientôt, épuisé par son jeu. Quand le train entre enfin en gare d'Hartfield, Jean-Christophe note triomphalement « 20 % » en haut d'une page.

Il a réussi. Au détriment de certains, peut-être, mais c'est ce que le patron lui a demandé.

Jean-Christophe cale Winnie sur son épaule, saisit sa mallette et se dirige vers la sortie. Le ballon rouge est toujours coincé par sa ficelle dans la porte du wagon. Dès qu'elle s'ouvre, Winnie s'empare de la ficelle avec un cri de joie que Jean-Christophe remarque à peine.

Le trajet en voiture jusqu'à la maison de campagne lui semblait toujours interminable quand il était petit. Il avait si hâte d'arriver que chaque minute semblait durer une heure. Bizarrement, il ressent la même chose aujourd'hui, dans le taxi. Il se demande si la maison lui paraîtra aussi grande que dans son enfance. Et les bois ? Ont-ils vieilli autant que lui ?

Quand le taxi s'engage dans l'allée, Jean-Christophe a le cœur qui s'emballe. Les arbres ont beaucoup poussé en son absence, ils forment presque un tunnel. Et soudain, la maison apparaît.

Jean-Christophe en a le souffle coupé. Elle n'a pas changé. Toujours aussi majestueuse. Les jardins ont été entretenus avec soin, et les peintures rafraîchies.

Une part de lui-même refuse de descendre du taxi. De près, les choses n'ont souvent pas la même allure que de loin. Enfin, avec un long soupir, il empoigne Winnie et sa mallette, paie le chauffeur et descend du taxi.

Il note aussitôt que les rideaux de l'ancienne chambre de ses parents sont tirés. Evelyn doit l'utiliser.

– On entre ? demande Winnie.

– Non, lui chuchote Jean-Christophe. Et ne faisons pas de bruit. Elles ne doivent pas nous voir.

Il se penche pour passer sous une fenêtre et indique à Winnie de l'imiter…

Hélas, celui-ci continue de marcher tête haute. Même ainsi, ses oreilles n'arrivent pas au rebord de la fenêtre. Personne ne peut le voir mais, lui, il a grande envie de regarder à l'intérieur ! Il s'arrête devant la fenêtre suivante et se dresse sur la pointe des pieds.

– Qui est-ce ? demande-t-il.

– Winnie ! l'appelle Jean-Christophe.

– Mais non, cette dame n'est pas Winnie. C'est moi, Winnie.

Jean-Christophe scrute à son tour par la fenêtre. Evelyn met des fleurs dans un vase.

– C'est Evelyn, mon épouse.

Elle lui paraît bien différente de ce qu'elle était hier. Plus heureuse, peut-être ?

– Elle a l'air très gentille, commente l'ourson.

– Elle l'est, en effet, confirme Jean-Christophe.

Il s'attarde sur sa femme tandis que Winnie passe à la fenêtre suivante.

– Et elle, qui est-ce ? veut-il savoir.

Il a réussi à se hisser jusqu'aux hanches sur le rebord de la fenêtre. De l'intérieur, on peut désormais le voir. Jean-Christophe fonce l'éloigner de la vitre. Dans le mouvement, il aperçoit sa fille, installée sur une chaise trop grande pour elle, entourée de manuels scolaires. La mine sérieuse, les sourcils froncés, concentrée.

– C'est Madeline. Ma fille.

– Est-ce qu'elle peut venir jouer avec nous ?

– Non. Impossible.

– Tu n'aimes pas jouer avec elle ? insiste Winnie.

– Si, se défend Jean-Christophe. Mais là, elle fait ses devoirs.

L'ourson acquiesce. Puis il s'immobilise, la tête penchée vers la mallette.

– Est-ce qu'elle a une mallette, comme toi ?

– Non ! s'exaspère Jean-Christophe.

Oui, sa fille est sérieuse. Non, ils ne jouent pas tout le temps. Elle n'en est

pas moins normale pour autant ! Il inspire à fond pour se calmer. Il a réagi avec un peu trop de force, mais Winnie l'agace.

– Tu crois qu'il lui plairait, mon ballon rouge ? Il la rendra peut-être heureuse ?

– Tu m'ennuies, avec ton ballon. Le bonheur, ça ne se limite pas aux ballons. Madeline est heureuse, crois-moi. Et moi, je suis heureux qu'elle soit heureuse. Suis-moi, Winnie.

Ces mots, il les a adressés à son ami, mais Jean-Christophe sait bien que c'est lui-même qu'il cherchait à convaincre.

Heureusement pour lui, ils arrivent à la lisière du bois. L'été, les immenses branches fournissent un ombrage bienvenu pour les pique-niques. L'automne, elles tapissent le sol de feuilles aux teintes vives. Petit, Jean-Christophe la trouvait magique, cette portion de terrain entre la maison et le bois.

Aujourd'hui, il est envahi par la même envie d'y être déjà. Mais avec une pointe de nervosité. Il prend une grande inspiration avant de plonger entre les arbres. Winnie lui emboîte le pas. Le vieux sentier est recouvert par la végétation, mais il le devine encore sous des décennies de feuilles mortes. Un sourire triste se dessine sur ses lèvres. Ici aussi, le temps a fait des ravages.

Pourtant, tout est paisible : les oiseaux chantent, des animaux font bruisser les feuilles. Jean-Christophe se sent un peu plus léger.

Puis ils arrivent devant le vieil arbre au tronc évidé. Son écorce a toujours la même teinte grise ; les initiales de Jean-Christophe y sont toujours gravées. Elles lui paraissent bien enfantines.

– Et voilà, Winnie. Je t'ai ramené chez toi.

– Tu ne m'accompagnes pas ? s'étonne l'ourson.

– Je ne peux pas. Je dois retourner à Londres.

– Mais j'ai besoin de toi. J'ai perdu tous mes amis.

L'ourson implore du regard Jean-Christophe. Il ne comprend pas grand-chose à cette nouvelle version de son vieil ami. Son ancien ami ne l'aurait jamais abandonné. Il aurait adoré le ballon rouge. Il aurait bondi de joie à l'idée de partir à l'aventure. Ce nouveau Jean-Christophe, lui, est barbant. Winnie soupire. L'ancien Jean-Christophe lui manque.

– Ils sont peut-être rentrés, suggère l'homme d'une voix peu convaincante. Tu pourras leur raconter toutes tes aventures.

– Oh oui, j'aimerais beaucoup, acquiesce Winnie.

– Eh bien, vas-y, fonce !

L'ourson hésite un instant. Il voudrait ajouter quelque chose, faire changer d'avis son ami. Mais celui-ci consulte déjà sa montre et tape du pied : il a hâte de s'en aller. Winnie se serre fort contre sa jambe. Très fort.

– Au revoir, Jean-Christophe !

Le geste a pris Jean-Christophe par surprise. Gêné, il se penche pour tapoter l'ourson dans le dos.

– Au revoir, Winnie.

Puis il le pousse gentiment dans la direction du trou dans l'arbre. Le ballon rouge suit le mouvement. Sans un mot de plus, Winnie disparaît dans le passage. Jean-Christophe pousse un soupir de soulagement. Son devoir accompli, il peut regagner Londres et se concentrer sur son travail. Mais au moment de partir, il aperçoit le ballon de Winnie. Il flotte au seuil de la porte encastrée dans l'arbre.

Jean-Christophe jette un coup d'œil dans le trou situé au pied du tronc. Winnie se tient accroupi, immobile, devant la porte verte.

– Qu'est-ce que tu fabriques, Winnie ?

Il pensait que l'ourson était déjà rentré chez lui. Mais non. Il regarde par-dessus son épaule et déclare :

– Parfois, si je dois aller quelque part, j'attends, et quelque part vient à moi.

– OK, dit Jean-Christophe.

Il a du mal à décrypter cette drôle de réponse. Il soupire de nouveau. Il n'a vraiment pas de temps à perdre en sottises. Il doit prendre le premier train pour Londres. Il se dégage du tronc.

– Bonne chance, en tout cas, conclut-il.

– Je vais avoir besoin de beaucoup de chance, car je ne suis pas un ourson très malin.

En se relevant, Jean-Christophe se heurte la tête au ballon rouge. Il le replace dans le creux de l'arbre et se remet en route. Mais c'est plus fort que lui, il se retourne encore.

Le ballon rouge flotte toujours devant la porte verte. Winnie ne l'a pas encore franchie.

Jean-Christophe culpabilise. S'il s'en va maintenant, l'ourson va rester assis indéfiniment. Il inspire à fond. Le travail attendra.

– J'arrive, Winnie ! annonce-t-il en repassant dans l'arbre, sa mallette sous le bras.

Et Jean-Christophe retourne dans la Forêt des Rêves bleus.

Chapitre 7

SUIVRE LA BOUSSOLE

La porte verte est toujours aussi verte que dans son enfance. Jean-Christophe, lui, n'est plus un garçon fluet. Aussi se retrouve-t-il coincé dans l'embrasure. Une position dans laquelle il a vu Winnie plus d'une fois !

L'ourson l'a précédé et l'observe, la tête inclinée de côté.

– Tu es coincé ? l'interroge-t-il.

– On dirait bien, confirme Jean-Christophe.

– Ça m'arrive tout le temps... As-tu mangé du miel, récemment ?

– Non, je n'ai pas mangé de miel récemment, s'agace Jean-Christophe.

Il prend une grande inspiration et pousse très fort des deux bras. Sans résultat. Une deuxième fois, une troisième fois… En vain. Un ultime effort et… *pop !* son corps se dégage et il bascule dans la Forêt.

Jean-Christophe se relève en grimaçant et s'étire : il va avoir des bleus au ventre. En plus, il est tout décoiffé.

Au moins, je ne risque pas de croiser mes collègues ici, se console-t-il.

Ce qu'il découvre autour de lui le laisse sans voix. Un brouillard épais recouvre la Forêt. Ça n'est pas le souvenir idyllique qu'il gardait des lieux.

– Winnie ? demande-t-il. La Forêt a toujours été aussi lugubre ?

– Oui, lui répond l'ourson. (Une pause.) Ou non. J'oublie toujours.

Jean-Christophe plisse les yeux. La Forêt n'a jamais été comme ça, il en est sûr.

Depuis quand a-t-elle changé ? Et pourquoi ? Une part de lui-même connaît la réponse mais refuse de l'admettre.

– OK, Winnie, enchaîne-t-il. Par où allons-nous ?

– Je comptais sur toi pour me le dire.

– Il y a des années que je ne suis plus venu ici. Comment veux-tu que je le sache ?

– Parce que tu es Jean-Christophe.

La réponse est si simple et si directe que Jean-Christophe ne trouve rien à lui répondre.

– OK, dit-il encore. On n'a qu'à raisonner un peu...

Winnie ne l'écoute que d'une oreille. De l'autre, il suit une abeille qui bourdonne près d'eux.

– Tu as raison, approuve-t-il. Levons le nez un peu.

Et il se lance à la poursuite de l'insecte. Jean-Christophe le retient par son maillot rouge.

– Non, Winnie. Si nous ne voulons pas nous perdre, nous devons suivre une direction précise. Tu as vu ce brouillard !

Heureusement que Jean-Christophe a emporté une boussole.

– Je l'ai gardée depuis la guerre. Je l'ai en permanence sur moi.

– Qu'est-ce que c'est, la guerre ? demande Winnie.

– C'est quelque chose dont on ne parle pas.

Au même instant, le tonnerre retentit dans les bois.

– Mon ventre n'a jamais gargouillé aussi fort, s'étonne Winnie.

Jean-Christophe se dit qu'en mettant le cap au nord, ils finiront bien par arriver quelque part. Winnie observe lui aussi la boussole. Il en est fou car elle a la couleur du miel.

– Je peux voir la boussole ? réclame-t-il.

Bien que surpris, Jean-Christophe la lui passe… et le regrette aussitôt. Winnie se met en effet en route.

– Non ! Attends ! s'écrie l'adulte. Tu dois suivre le nord ! Le nord !

Ses mots résonnent dans le brouillard. L'ourson, lui, a déjà disparu.

– Je vais suivre la jolie petite flèche, lance-t-il par-dessus son épaule tout en continuant d'avancer.

Winnie n'est pas rassuré. Il a l'impression de marcher depuis des heures, et il ne voit toujours pas trace de ses amis. Pour passer le temps, il s'amuse à deviner des formes dans le brouillard. Jusqu'à présent, il a vu un pot de miel, une abeille et des rayons de miel.

– Tu reconnais quelque chose ? l'interroge Jean-Christophe.

– Le brouillard ? propose-t-il.

– À part le brouillard !

C'est alors qu'une forme émerge de la brume, justement. Hélas, c'est un panneau qui fait frémir Winnie : « Attention : éphélants et nouifs ».

– Oh, la barbe ! se désole l'ourson en s'immobilisant soudain.

Jean-Christophe le percute par-derrière.

– Un problème ? demande l'adulte.

Mais sitôt qu'il remarque la pancarte, il grogne.

– Allons, Winnie, s'exaspère-t-il. Les éphélants et les nouifs, ça n'existe pas.

– Mais si, enfin ! Tu n'as pas vu le panneau ?

– Ces créatures-là n'existent pas, Winnie. Allons, suis-moi.

Dans la foulée, il dépasse son ami et la pancarte, puis poursuit son chemin. L'ourson hésite. Il a confiance en Jean-Christophe. Mais c'est justement lui qui avait peint cette pancarte.

Je dois continuer à ne rien faire de différent, se dit-il, *parce que c'est la meilleure chose à faire.*

Et lui aussi se remet en marche.

– Jean-Christophe, intervient-il ensuite. C'est quoi, ton travail ?

– Je suis responsable de l'efficacité chez un fabricant de bagages, déclare l'adulte.

Winnie hoche la tête, même s'il n'a pas bien compris sa réponse.

– Tu as beaucoup d'amis, là-bas ? reprend-il.

– Des gens comptent sur moi, nuance Jean-Christophe.

– Donc, oui, tu as des amis.

– Non, je ne les considère pas comme des amis. Sinon ce serait trop dur de leur dire de partir.

– Partir où ?

– Je ne sais pas, Winnie. Je ne sais pas.

D'impuissance, Jean-Christophe donne un coup de poing dans le brouillard. Non, il ne sait pas ce que vont devenir les gens dont il a barré le nom sur sa liste pour obtenir une réduction des coûts de 20 %. La culpabilité le ronge.

– À moi aussi, tu m'as dit de partir ?

La question de l'ourson fait l'effet d'une gifle à Jean-Christophe. Il n'y a jamais songé. Il n'a peut-être pas été le seul à souffrir quand il est allé au pensionnat. Il a abandonné la Forêt des Rêves bleus et ses amis. Il a abandonné Winnie. Pour quel résultat ? La Forêt est devenue un cauchemar lugubre. Il imagine soudain l'avenir des employés qui vont être licenciés…

Chapitre 8

Le piège à éphélants

– Winnie ? C'est encore la même pancarte.

Jean-Christophe observe un écriteau qui ressemble étrangement au précédent : « Attention : éphélants et nouifs ».

– Tu es sûr que nous marchons toujours vers le nord ? demande-t-il à l'ourson.

– Attends, je regarde, répond celui-ci en soulevant le couvercle de la boussole.

– Tu l'avais refermée ?

– Oui, parce que je suivais ces traces de pas, regarde…

Jean-Christophe scrute le sol.

– Winnie ! Ces pas, ce sont les nôtres ! Nous avons tourné en rond. Ce n'est pas possible… Tu n'avais qu'à suivre la boussole !

Jean-Christophe sait bien qu'il a tort de lui faire ces reproches. Winnie n'est qu'un ourson.

– Mais… se défend celui-ci, les épaules voûtées, les oreilles aplaties. La boussole nous conduisait chez les éphélants et les nouifs.

– Les éphélants et les nouifs n'existent pas ! Je n'aurais jamais dû te confier ma boussole.

– Je suis désolé, bredouille Winnie. Je vais la ranger avec les autres choses importantes.

Il ouvre la mallette et… *patatras !* tout tombe par terre. Et une bourrasque fait s'envoler le contenu de la valise.

– Ces fiches sont irremplaçables ! panique Jean-Christophe. Je ne me souviendrai jamais de tout ce qui y est écrit !

Malgré tous ses efforts, il ne parvient à récupérer qu'une seule feuille, ramassée dans un buisson. L'ourson, lui, est immobile. Cette fois, Jean-Christophe ne peut retenir sa colère :

– Tu veux que je te dise ? Tu n'es pas un ourson très malin. Tu sais ce qui va se passer si je perds une seule de ces fiches ? Winslow va me dévorer pour son petit déjeuner.

– Winslow est une nouif ? s'inquiète l'ourson.

– Oui ! Une grosse nouif qui va me manger tout cru !

L'ourson ne sait pas trop quoi penser. Jean-Christophe rigole, mais son rire est plus inquiétant que joyeux.

– Ça ne m'a pas l'air bien amusant, commente Winnie.

– Ça ne sera pas amusant, non. Mais c'est le monde réel, ça. Il n'y a pas que les ballons et le miel, dans la vie, tête de linotte ! Pourquoi es-tu venu me trouver ? Je ne suis plus un enfant. Je suis un adulte. J'ai des responsabilités.

– Mais tu es Jean-Christophe.

– Non. Je ne suis plus le Jean-Christophe de tes souvenirs.

Winnie secoue la tête. Ce Jean-Christophe n'est peut-être plus celui qu'il a connu, mais au fond de lui, il reste le même. Il s'est égaré en chemin. Comme dans la Forêt des Rêves bleus, sous la brume.

– Excuse-moi, soupire Winnie en s'éloignant lentement. Tu n'as qu'à me laisser. Et t'occuper de tes « six cent mille ans ».

– Mes six cent mi… ? Mes licenciements !

Jean-Christophe fourre ses fiches dans sa mallette et la referme. Lorsqu'il relève les yeux, Winnie a disparu.

Jean-Christophe court dans le brouillard. Il songe à Winnie, perdu, affamé, triste et seul. Il a parlé sous le coup de la colère. Colère contre lui-même pour les licenciements, pour ce que son patron lui impose, pour l'« efficacité » froide, sans humanité, dont il fait preuve.

– Winnie ! crie-t-il à s'en casser la voix. Winnie ! Où es-tu ?

Mais seul l'écho lui répond. Pire : le jour est en train de s'achever. Si Jean-Christophe ne retrouve pas son ami très vite, il devra attendre demain.

Soudain, il trébuche sur une branche, bat des bras comme un moulin et se rétablit d'extrême justesse. Pour la troisième fois, le voici devant la pancarte des éphélants. Il a tourné en rond.

Il court jusqu'au coucher du soleil. Les ombres deviennent effrayantes. Les bruissements des branches aussi. Jean-Christophe accélère encore. Il scrute les bois. Hélas, aucune trace de Winnie.

Tout à coup, un bruit. Un rugissement emplit la Forêt. Le cri d'un éléphant mêlé à celui d'un dinosaure. Jean-Christophe se fige. Les poils se dressent sur ses bras. Impossible…

– Les éphélants et les nouifs n'existent pas, tente-t-il de se rassurer.

Il ne guette plus seulement Winnie, mais aussi des créatures qui… n'existent pas ?

Et le rugissement retentit de nouveau ! Jean-Christophe pivote sur lui-même, sa tête regarde de tous les côtés.

– Ils n'existent pas ! Ils n'existent pas ! Ils n'existent pas !

Mais, dans le même temps, le brouillard se lève, et il distingue des formes. De grosses formes qui ressemblent à des éléphants. Ou plutôt, à un troupeau d'éphélants.

Un troisième rugissement. Cette fois, Jean-Christophe prend ses jambes à son cou… et il tombe dans un piège à éphélants !

– Aïe ! fait-il en s'écrasant au fond d'un gros trou.

Le temps de reprendre son souffle et il entend encore les monstres.

Heureusement qu'ils ne peuvent pas me voir ! se dit-il.

Lorsqu'il estime avoir attendu assez longtemps, il se met debout et lève la tête pour scruter l'ouverture du trou. Il aperçoit les premières étoiles qui scintillent dans le ciel. Il n'arrivera bientôt plus à distinguer quoi que ce soit. Il doit sortir de là, et vite.

Il examine sa « prison ». Première découverte : une pancarte marquée : « Bien fé pour toi, éphélant ! »

– Mais je ne suis pas un éphélant, grogne-t-il tout bas. Les éphélants sont dans la Forêt. Je suis dans le trou !

Hélas, personne ne lui répond. Personne ne l'entend. Hormis les éphélants.

D'abord, je perds Winnie, énumère-t-il. *Ensuite, je rencontre des créatures imaginaires bien réelles, et pour finir, je tombe dans un piège censé capturer ces bêtes imaginaires. Ça ne pourrait pas être pire…*

Sauf que là, comme si Dame Nature l'avait entendu, il se met à pleuvoir. De petites gouttes, puis des grosses. Bientôt, Jean-Christophe se retrouve dans la gadoue. La panique l'envahit.

Il se met alors à escalader la paroi comme un fou furieux. Ses doigts s'enfoncent dans la terre qui s'effrite. Ils glissent, et Jean-Christophe se retrouve les fesses dans la boue. Mais à force de persévérer, il parvient à se hisser peu à peu, centimètre par centimètre, jusqu'à toucher du bout des doigts l'ouverture du trou ! Un courant d'air frais lui caresse le visage…

Mais, hélas, il lâche prise et retombe au fond du trou.

– Nooooon ! Au secoooours !

En guise de réponse, la pluie redouble d'intensité. Jean-Christophe a de l'eau jusqu'aux chevilles, et ça ne s'arrête pas. Apercevant une plante grimpante qui pend du sommet, il tente de la saisir avec la poignée de son parapluie.

Il l'accroche et tire un coup sec. Sans résultat. La tentative suivante est la bonne. Malheureusement, le mouvement décroche un caillou, qui lui tombe sur la tête et l'assomme…

Chapitre 9

Pauvre Bourriquet

– Aaaïe. Aïe. Aïe. Aïe.

La douleur fait reprendre ses esprits à Jean-Christophe. Une grosse bosse se forme déjà sur sa tête. Et ça n'est pas le pire : l'eau est montée et lui arrive à présent à la poitrine.

– Winnie ? panique-t-il. Winnie !

Pas question de rester coincé au fond de ce trou. Il doit retrouver Evelyn et Madeline. Leur dire combien il les aime, combien il est désolé et…

– Ohé, Jean-Christophe !

L'intéressé lève la tête. Winnie l'interpelle depuis l'ouverture du trou.

– Oh, merci, mon Dieu, tu es sain et sauf. Peux-tu me sortir de là ?

– Oui, bien sûr, affirme l'ourson.

– OK. Il va falloir que tu me trouves une corde ou bien…

PLOUF !

Winnie vient de plonger. Il sourit à son ami.

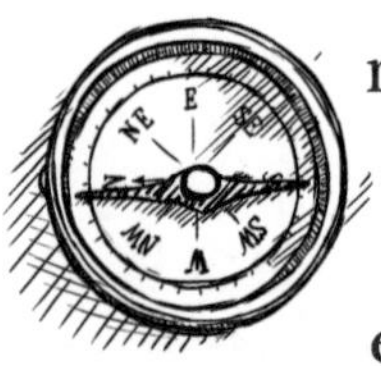

– Qu'est-ce qui t'a pris ? l'interroge Jean-Christophe, abasourdi.

– Tu me faisais de la peine, tout seul au fond de ton trou, explique Winnie.

– Et nous voilà coincés tous les deux ! Avec des éphélants et des nouifs dans les parages, nous ne sommes pas en sécurité.

Ces mots dits, il attrape sa mallette et installe Winnie dessus.

– Nous devons nous sortir de là, affirme-t-il ensuite. Mais je ne sais plus quoi faire.

Winnie observe son ami d'un regard calme. L'eau qui trempe son pelage ne l'inquiète pas.

– Parfois, le mieux qu'on a à faire, raisonne-t-il, c'est de ne rien faire.

– Rien ? répète Jean-Christophe sans cesser de barboter.

– C'est souvent comme ça qu'on aboutit à la meilleure chose.

Au même instant, la mallette glisse sous ses fesses et l'ourson boit la tasse. On ne voit bientôt plus de lui qu'une colonne de bulles remontant à la surface.

Jean-Christophe ne panique pas. Il évolue comme dans un rêve. Il ne trouve même plus l'eau froide. Il a entendu dire que les gens qui se noient ont le plus souvent perdu connaissance dans l'eau. C'est peut-être ce qui lui arrive.

D'ailleurs, il s'enfonce, s'enfonce et touche bientôt le fond du trou. Il voit Winnie, assis à quelques pas de lui. L'ourson respire normalement. Et lorsqu'il prend la parole, sa voix parvient à Jean-Christophe comme si de rien n'était.

– C'est joli, ici, non ? commente Winnie.

– Très joli, oui, approuve son ami.

Pourtant, un mauvais pressentiment l'envahit peu à peu. Quelque chose ne va pas. Il regarde ses mains : elles ont été transformées en pattes d'éphélant ! Et lorsqu'il touche ses oreilles, il les découvre grosses comme celles d'un éphélant. Jean-Christophe ouvre des yeux comme des soucoupes, se tourne vers Winnie pour qu'il l'aide… mais l'ourson est mort de peur, et il s'éloigne à la nage.

Jean-Christophe veut lui tendre la main pour le rassurer, mais au lieu de son bras, c'est une trompe qui s'avance. Il n'a pas le temps de réagir : elle aspire Winnie !

Jean-Christophe tourne sur lui-même comme une toupie. Chaque fois qu'il pivote, il se retrouve face à un nouvel éphélant : une version éphélant de lui-même. Il ne peut échapper à cette créature.

Il ne peut échapper à lui-même. Plus il se démène, plus il a l'impression qu'on lui vide les poumons. Pire : la trompe d'un de ces autres éphélants se colle à lui et l'aspire…

Jean-Christophe se réveille en sursaut. Sa respiration est lourde, son cœur cogne comme un sourd. Tout cela n'était qu'un rêve !

Cela dit, il est toujours au fond du trou… et le niveau de l'eau a monté. Il a pu se maintenir à la surface en se cramponnant à sa mallette, mais il pleut toujours, le temps presse.

C'est alors que la poignée de la mallette lui échappe et qu'il s'enfonce. La panique l'envahit mais, très vite, il touche le fond et peut se propulser à l'air libre. Victoire ! Il n'a qu'à se maintenir à la surface en battant des pieds : la pluie va emplir le trou petit à petit et le faire remonter jusqu'en haut.

– Ne rien faire, dit-il en écho aux paroles de Winnie.

Alors il se couche sur le dos, les bras en croix, les jambes à l'horizontale. Et il ne fait rien tandis que la pluie continue de tomber et l'eau de monter, tandis que le ciel s'éclaircit et que les étoiles disparaissent. Si bien qu'au bout d'un moment, il peut faire quelque chose.

Quand le niveau de l'eau approche de l'ouverture du trou, Jean-Christophe se retourne sur le ventre et nage vers le bord. Il n'a plus qu'à se hisser sur la terre ferme et s'y effondrer. Il y reste un long moment. Il repêche ensuite sa mallette et son parapluie dans le trou, puis se lève.

Maintenant qu'il est libre, il faut retrouver Winnie. Il s'enfonce dans les bois en appelant ses amis. Il finira bien par croiser quelqu'un.

Arrivé au petit pont de bois, il sourit. Combien de fois Winnie et lui ont-ils joué ici ?

Jean-Christophe grimpe sur le pont et jette un bâton dans l'eau. Puis, par habitude, il se retourne pour le voir ressortir de l'autre côté. Quelle n'est pas sa surprise de voir apparaître… Bourriquet ! L'âne pessimiste flotte sur le dos en faisant la moue. Sitôt qu'il aperçoit Jean-Christophe, il dit :

– C'est bien ma veine… Un éphélant qui va me dévorer.

– Bourriquet ! l'interpelle Jean-Christophe. Je ne suis pas un éphélant !

– Ça ne change rien, réplique l'âne. Je me dirige vers la cascade… Je n'en ai plus pour longtemps.

Jean-Christophe regarde en aval du pont. Bourriquet a raison : une cascade l'attend !

– Nage, Bourriquet, nage ! presse-t-il son ami.

Mais celui-ci n'esquisse pas un seul mouvement. Si Jean-Christophe n'intervient pas, il risque de perdre un nouvel ami. Alors il se jette à l'eau. À sa grande surprise, il touche vite le fond… Il se redresse tout dégoulinant.

– Forcément… comprend-il en souriant, je suis un adulte, à présent.

– Tu ris de mes malheurs ? constate Bourriquet.

Cette remarque ramène Jean-Christophe à la réalité. Il se dirige aussi vite qu'il le peut vers l'âne, l'agrippe juste avant la cascade, puis le tire jusqu'à la rive.

– Bonjour, Bourriquet, le salue-t-il ensuite.

– Bonjour, éphélant.

– Je ne suis pas un éphélant, objecte gentiment son ami. Je suis Jean-Christophe. C'est moi qui t'encourageais tout le temps, avant.

– Je ne me rappelle pas avoir eu du courage, observe l'âne.

Jean-Christophe préfère changer de sujet :

– Comment t'es-tu retrouvé dans la rivière ?

– Je me suis réveillé. Il y avait du vent. Ma maison a été emportée. Je suis tombé dans l'eau. Je ne sais pas nager.

Au loin, un éphélant pousse un rugissement terrible.

– Tes amis éphélants t'appellent, note Bourriquet.

Jean-Christophe plaque un doigt sur son menton, comme lorsqu'il était enfant et que Winnie et lui jouaient aux détectives.

– Ce matin, il y avait du vent. Où va-t-on quand il y a du vent… ?

Il s'empare de Bourriquet et le pose sur son épaule pour rejoindre le petit pont de bois.

– Aucune idée, répond l'âne. Personne ne m'invite jamais nulle part.

Chapitre 10

Tous aux abris !

Jean-Christophe regagne le bois avec Bourriquet. Le brouillard semble s'être un peu levé pendant la nuit. Il se repère un peu mieux. Comme si la Forêt des Rêves bleus reprenait doucement vie.

Les deux amis aboutissent bientôt dans une clairière. Jean-Christophe regarde alentour. L'endroit lui paraît vaguement familier. Ses yeux se posent sur un tas de bois, au pied d'un grand arbre.

– La maison de Maître Hibou, réalise-t-il. Elle est tombée de son arbre.

Au même instant, le rugissement résonne à travers le bois. Sauf que, cette fois, il est encore plus horrible et plus effrayant.

– Sûrement un éphélant qui digère, commente Bourriquet.

– Les éphélants n'existent pas, rabâche Jean-Christophe.

Il s'efforce d'ignorer les cris et s'avance vers les ruines de la maison de Maître Hibou. Un autre rugissement le fait bondir. Les deux amis se figent.

Rassemblant tout son courage, Jean-Christophe franchit les derniers mètres. Il aperçoit une girouette sur le point de se décrocher du toit. Le vent a tordu son mât. Une bourrasque balaie la clairière : la girouette frotte contre le toit… C'était ça, le cri des éphélants !

– Ce n'est que la girouette ! triomphe Jean-Christophe.

Le vent souffle à nouveau, la girouette « rugit » encore. Jean-Christophe se précipite sur le toit pour la bloquer. Le bruit cesse immédiatement.

– Tiens, dit Bourriquet, pas plus impressionné que cela.

– Aucune trace de Maître Hibou, note Jean-Christophe en arrachant la girouette. Où sont-ils tous passés ?

– Si seulement Jean-Christophe était là ! se désole Bourriquet. Lui, il saurait.

– Mais je suis là ! C'est moi !

– Alors tu devrais pouvoir nous aider.

Jean-Christophe se met à inspecter les ruines. Un trou dans le toit… La table… Les chaises… Un volet que le vent a jeté par terre. Il est couvert de boue… et d'empreintes de pas.

– Ils étaient tous ici ! s'exclame-t-il soudain. Ces carottes étaient pour Coco Lapin. Et regarde, quelqu'un faisait des bonds partout : Tigrou !

– Forcément, confirme l'âne.

– Ce volet a dû se décrocher, puis aller percuter la girouette. Tout le monde a cru qu'un éphélant rôdait dans les parages, et ils ont fui.

Remarquant un petit tas de glands écrasés près de la porte, il ajoute :

– Des coquilles de glands… Elles forment une piste.

– Suivons-les ! Elles nous conduiront à Porcinet, le devance Bourriquet.

– Forcément, ironise l'adulte.

Jean-Christophe a le sourire. Suivre la piste des glands, c'est quand même plus amusant que de rester assis derrière un bureau !

– En voilà encore un ! s'exclame-t-il. Et un autre encore !

Quand soudain, il entend un bruit inimitable. Il incline la tête. Quelqu'un grignote des glands. Il s'avance un peu. Le bruit semble venir de derrière une haie. Jean-Christophe s'approche davantage. Il épie de l'autre côté d'un tronc et découvre bien sûr Porcinet qui mange. Les bruits de pas de Jean-Christophe l'alertent.

– Qui va là ? Qu-qui est-ce ?

Jean-Christophe pose Bourriquet sur le sol et lui montre le cochon. Mieux vaut que celui-ci voie en premier un visage familier.

– Ce n'est que moi, le rassure l'âne.

– Bourriquet !

– C'est la première fois que je fais cet effet-là.

Quand Jean-Christophe estime que Porcinet est suffisamment calmé, il s'avance à son tour. Hélas, avec le soleil qui brille, son ombre le précède dans la clairière. Comme si un monstre gigantesque approchait ! Porcinet le prend pour un éphélant et pousse un cri strident.

– Porcinet… Ce n'est que moi : Jean-Christophe.

– Ne b-bouge pas, ordonne le petit cochon à l'âne. Et peut-être qu'il ne nous dévorera pas.

Jean-Christophe sort de sa poche un des glands qu'il a ramassés en chemin.

– Tiens, dit-il en l'offrant à Porcinet. Est-ce qu'un éphélant te donnerait un gland ?

– Oui… s'il voulait me piéger.

Jean-Christophe glousse, il croit que son ami plaisante. Mais celui-ci lui chipe le gland en un éclair et court s'engouffrer dans le trou d'un arbre couché par le vent.

Jean-Christophe s'approche du tronc et perçoit des voix étouffées à l'intérieur. Il se penche. Les voix se précisent. Il distingue celle de Coco Lapin :

– Porcinet ! Tu l'as conduit jusqu'à nous… Nous sommes fichus !

– Coucou, tout le monde ! intervient alors Jean-Christophe.

Tigrou jaillit du tronc, prêt à se battre : une vraie tornade orange et noire ! Mais il a beau rouler des mécaniques, ses yeux trahissent sa peur, et c'est d'une voix chevrotante qu'il menace :

– Je vais t'écraser, je vais t'écra...

– Tigrou ! C'est moi, Jean-Christophe.

Il s'accroupit et enfonce sa tête dans le trou de l'arbre. À l'intérieur, toute la petite bande est réunie : Coco Lapin, Maître Hibou, Grand Gourou et, bien sûr, Porcinet. Tous poussent un cri en voyant surgir sa tête. Mais, petit à petit, le silence revient.

– C'est bien Jean-Christophe, précise Bourriquet. Ça se voit dans son regard.

L'un après l'autre, les animaux viennent voir par eux-mêmes. Jean-Christophe se prête au jeu. Il laisse Tigrou lui pincer le nez, Grand Gourou lui toucher la joue. Maître Hibou, lui, prend tout son temps. Il examine l'adulte de près. Puis il recule et revient l'observer de près, sans cligner des yeux.

– Ah oui, finit-il par déclarer. Je vois. C'est très clair. Mais je n'en ai jamais douté.

Jean-Christophe s'apprête à répliquer, mais il se retient de justesse.

Maître Hibou poursuit :

– Veux-tu te joindre à nous, Jean-Christophe ? Nous nous cachons à cause de l'éphélant.

– Il n'y a pas d'éphélant. Ce n'était que ta vieille girouette qui grinçait, Maître Hibou.

– Il a la cervelle en compote, se désole Coco Lapin en passant la tête par un trou du tronc. Cela arrive parfois, avec l'âge.

– Le pauvre, se désole Grand Gourou. Il ne sait pas faire la différence…

Jean-Christophe ne sait trop s'il doit rire ou pleurer. Il a changé, il le sait. Mais il n'est pas un vieillard gâteux pour autant. Hélas, il ne peut le faire remarquer, car le reste du groupe est en pleine discussion :

– L'éphélant rôde dans la Forêt, affirme Tigrou. Nous l'avons entendu. Il nous a réveillés.

– Et surtout, ajoute Maître Hibou, Winnie a disparu.

Petit Gourou pointe la tête hors de la poche de sa mère et déclare :

– Moi, je ne sors pas tant que le monstre est dans le coin.

– Mais les monstres, ça n'existe pas, enfin, tente de les rassurer Jean-Christophe.

Sauf que personne n'est rassuré. Au contraire, ils se recroquevillent sur eux-mêmes. Jean-Christophe doit changer d'approche.

– Ils n'existent pas, reprend-il, hormis les éphélants.

– Et les nouifs, ajoute Maître Hibou.

– Euh, oui, acquiesce Jean-Christophe. Et tu as raison, Petit Gourou : il y a un éphélant effrayant qui rôde dans le coin, et je vais nous en débarrasser.

Sur ce, il fait un pas en arrière. Il feint de scruter la clairière à la recherche d'un éphélant. Soudain, il désigne un chêne et s'écrie :

– Ah ! Le voilà ! Plus un geste, éphélant !

Jean-Christophe empoigne alors sa mallette et son parapluie : il fait semblant de repousser la créature hors de la clairière. Par-dessus son épaule, il promet à ses amis de venir à bout du monstre une bonne fois pour toutes. Puis il disparaît dans la Forêt.

Chapitre 11

La bataille

Comme l'éphélant n'existe pas, Jean-Christophe se bat contre son pardessus bourré de feuilles. Il le traîne jusqu'à la lisière de la clairière : tous ses amis doivent le voir tuer la créature… mais pas de trop près !

– Prends ça, éphélant ! crie-t-il en maniant son parapluie comme une épée.

Il hurle ensuite à la place du monstre.

La petite comédie se poursuit. Jean-Christophe tape du pied, rugit comme un lion. Il pousse même un cri de panique, comme si l'éphélant l'attaquait.

L'adulte se prend au jeu… Il oublie que ses amis l'observent. Il oublie que l'éphélant n'existe pas. Il oublie son travail et les licenciements. Il oublie sa famille.

– Oh, non ! hurle-t-il soudain. Tu m'as eu, c'est fini ! Mais non, prends ça !

Et il repart à l'assaut. Les feuilles jaillissent du pardessus, comme si la « bête » était blessée.

Ses amis, eux, continuent d'observer la scène depuis leur tronc. Tigrou bondit dans tous les sens.

– Oh, là, là ! s'extasie-t-il. Jean-Christophe lui met la pâtée, à ce sale éphélant ! J'aimerais bien lui coller un coup de poing, moi aussi !

– Qu'est-ce qui t'en empêche ? réplique Grand Gourou.

Tigrou baisse les yeux, son courage envolé.

– Euh… bredouille-t-il. Jean-Christophe a l'air de se débrouiller très bien tout seul.

– Pathétique, commente Bourriquet.

Jean-Christophe fait semblant d'être traîné au sol par l'éphélant. Depuis leur tronc, les animaux, fascinés, n'en perdent pas une miette.

– Prends ça, espèce de monstre sans cervelle et sans amis ! Tu ne me fais pas peur, sale éphélant pourriiiiiii !

Le silence s'abat sur la clairière. L'instant d'après, le pardessus de Jean-Christophe vole en l'air avant de retomber lentement.

– L'éphélant l'a battu, maman ? demande Petit Gourou.

Ses compagnons sont inquiets. Ils n'ont pas tout vu du combat. D'après les derniers bruits, il semblerait que Jean-Christophe se soit battu vaillamment… Mais cela a-t-il suffi ?

– Victoire ! tonne soudain la voix triomphante du héros.

Tous les regards se portent vers la lisière du bois. Couvert de boue, ses vêtements déchirés mais un large sourire aux lèvres, Jean-Christophe rejoint ses amis.

– Hip, hip, hip, hourra ! s'écrient ceux-ci.

– On v-va f-f-faire la f-f-fête ? propose Porcinet.

– Excellente idée ! approuve Jean-Christophe, ravi de les voir tous heureux.

Mais son sourire s'efface au profit d'une grimace :

– Hélas, je n'ai pas vu de trace de Winnie, dit-il.

– Tu es Jean-Christophe, positive Petit Gourou. Tu le trouveras bien quelque part.

Tout à coup, les paroles du jeune kangourou produisent en lui un déclic.

– C'est ça, Petit Gourou ! Il m'attend quelque part !

Jean-Christophe arrête de marcher pour contempler la colline face à lui. Ses amis l'ont aidé à regagner le Lieu enchanté, l'endroit où, enfant, il avait fait ses adieux. La suite, il va devoir s'en occuper seul. Il est un peu nerveux, comme si un inconnu l'attendait au sommet, et non son ami d'enfance.

Mais très vite, il comprend : il se sent coupable. Si Winnie est venu là, c'est uniquement parce que lui-même l'a chassé.

Au sommet de la colline, Jean-Christophe sourit. L'ourson est assis sur leur branche. Il lui tourne le dos. Il a toujours son ballon rouge.

– Bonjour, Winnie, le salue Jean-Christophe.

– Bonjour, Jean-Christophe, répond Winnie, un sourire au visage, comme s'il l'attendait.

Les deux amis échangent un long regard. Puis Jean-Christophe s'avance d'un pas hésitant. La voix douce, il déclare :

– Je te demande pardon, Winnie. Je m'en veux énormément de t'avoir crié après.

– Mais je suis un ourson pas très malin, réplique Winnie.

Il a parlé sans agressivité, sans accuser Jean-Christophe. Celui-ci n'en est que plus blessé.

– Pour moi, dit-il, tu es un ourson au cœur énorme.

Touché par les paroles de son ami, Winnie baisse la tête, ses joues rosissent. Jean-Christophe pense être pardonné.

– Tout le monde est sain et sauf, révèle-t-il. Ils se cachaient parce qu'ils avaient peur d'un éphélant. Mais l'éphélant… c'était moi. Et aussi la girouette de Maître Hibou.

Jean-Christophe s'assoit à côté de l'ourson. Ensemble, ils regardent l'horizon. Le brouillard s'est levé, le soleil illumine la Forêt.

– Merci de m'avoir attendu.

– Il fait toujours beau quand Jean-Christophe vient jouer, affirme Winnie avec un large sourire.

–J'en suis moins sûr, nuance l'intéressé, penaud. Je ne suis plus l'enfant que j'étais.

– Mais si, enfin, lui assure Winnie. Tu es notre ami. Regarde : tu nous as sauvé la vie. Tu es notre héros.

Jean-Christophe lève les yeux. Son regard croise celui de l'ourson, qui lui exprime une confiance absolue. Evelyn aussi le regardait comme ça, avant. Madeline le regarde encore ainsi de temps en temps. Ses employés aussi. Mais pendant longtemps, il n'y a pas prêté attention. Ça ne lui faisait ni chaud ni froid.

– Je ne suis pas un héros, Winnie, souffle-t-il. Je suis… perdu.

– Moi, je t'ai trouvé, pourtant, lui rétorque l'ourson.

Et il enlace son ami autant que ses petits bras le lui permettent. Il serre fort.

Gêné par ce geste tendre, Jean-Christophe ne sait comment réagir. Il pense à Evelyn, à leur première étreinte, quand ils se sont connus. Il s'était complètement laissé aller. Il s'était senti à l'aise. Il pense à la première fois où il a tenu

Madeline dans ses bras. Si petite… Il avait eu peur de la casser. Mais elle aussi s'était complètement laissée aller. Il n'avait jamais ressenti une telle émotion.

Et tout à coup, un déclic se produit en Jean-Christophe. Son cœur, fermé depuis si longtemps, se rouvre. L'homme se penche afin de mieux serrer l'ourson contre sa poitrine. Winnie pousse un long soupir de bonheur, Jean-Christophe sent qu'il se laisse aller. Après quoi les deux amis se tournent face à la pente de la colline. Ils veulent voir le soleil passer derrière l'horizon. Jean-Christophe s'abandonne au sommeil. Son cœur a retrouvé force et jeunesse. Il se rend compte qu'il est heureux… pour le moment.

Hélas, ce bonheur s'envole dès le petit matin.

Jean-Christophe se réveille en sursaut. Le soleil est déjà levé. Winnie dort encore.

– Oh, non ! Oh, non ! Oh, non ! panique Jean-Christophe.

Les épaules crispées, le cœur emballé, il comprend qu'il a passé la nuit dans la Forêt des Rêves bleus, alors qu'il était censé être à Londres !

– Qu'y a-t-il ? l'interroge Winnie en sortant du sommeil.

– On est demain, réplique Jean-Christophe.

– En général, on est aujourd'hui, note l'ourson, un peu perdu.

– En effet, admet Jean-Christophe sans pouvoir s'empêcher de sourire. On est aujourd'hui, oui. Or, je suis supposé être au bureau dans…

Il consulte sa montre, mais elle est cassée.

– Comment ai-je pu en arriver là ? Et mes affaires ?

L'homme se met à courir comme un dératé autour de la branche. Les animaux se réveillent. Ils ont passé la nuit non loin de là. Pas question de perdre encore Jean-Christophe ! Pourtant, lorsqu'ils viennent le rejoindre, ils comprennent que celui-ci va de nouveau les quitter.

– Ne te tracasse pas, conseille Maître Hibou. Comme disait mon oncle Albert : « Les tracas conduisent toujours aux ennuis. »

Il s'interrompt, tourne la tête de côté et reprend :

– À moins que ce ne soit l'inverse… ? Non, non, c'était…

Le reste de la troupe vient rapporter son pardessus et sa mallette à Jean-Christophe. Grand Gourou annonce :

– Nous avons rapporté, nettoyé et séché tes affaires.

– Merci à tous, répond Jean-Christophe en souriant. J'avais peur d'avoir tout perdu.

Mais sitôt qu'il récupère sa mallette, il redevient un homme d'affaires sérieux.

– Navré, poursuit-il, mais je dois vous quitter. Je me suis déjà attardé trop longtemps.

Il enfile son pardessus et fourre une main dans sa poche. Ses doigts se referment sur un objet métallique : sa boussole. Il décide de l'offrir à Winnie :

– Tiens, elle est pour toi. Si quelqu'un disparaît encore, tu pourras le retrouver.

– Merci, Jean-Christophe, répond l'ourson.

Puis, d'un geste très solennel, il tend son ballon rouge à Jean-Christophe.

– Et moi, je te donne mon ballon, pour Madeline.

Devant l'expression sur le visage de son ami, Jean-Christophe n'ose pas refuser.

– C'est quoi, une Madeline ? demande Petit Gourou. C'est plus important que le contenu de ta mallette ?

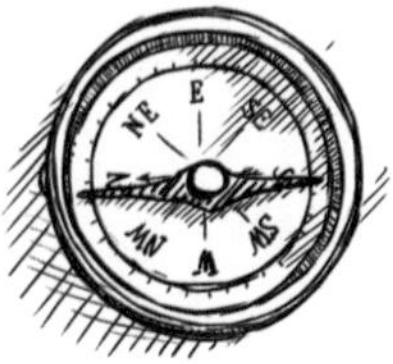

– Évidemment ! affirme Jean-Christophe. Elle est tout, pour moi.

– Pourquoi n'est-elle pas avec toi, alors ? insiste Petit Gourou.

Winnie s'avance, pose une patte sur l'épaule de Petit Gourou et déclare de sa voix la plus sérieuse :

– Elle a du travail.

Jean-Christophe a soudain honte de priver sa fille de ses jeux pour une excuse pareille.

– Oh, la pauvre, se désole Petit Gourou.

– Non, elle est très… bredouille Jean-Christophe. Elle… aime travailler.

Il n'insiste pas. Il sait qu'il perd son temps.

– Bon, enchaîne-t-il. Il faut que j'y aille. Au revoir, tout le monde. Ça a été un vrai plaisir de vous revoir.

Sur ce, avant de risquer de changer d'avis, il s'en va. Les

animaux le regardent s'éloigner avec désolation. Le silence s'abat sur la colline. Porcinet prend Winnie par la patte. Leur ami leur manque déjà…

Chapitre 12

DÉCEPTION

Jean-Christophe regagne la porte verte au plus vite. Il est encore tout courbaturé après son combat contre l'éphélant. Il serre les dents et se fait tout petit pour passer dans l'embrasure. Aussitôt après, il traverse le bois situé derrière sa maison de campagne. Le ballon rouge danse derrière lui. Jean-Christophe l'aperçoit. Il s'en veut d'avoir quitté aussi précipitamment Winnie et ses amis. Il aurait tant voulu rester, profiter de cette liberté. Mais dès qu'il ressort du bois et voit sa maison, il se rappelle toutes ses responsabilités.

Il retient sa respiration pour traverser la pelouse. Pas question qu'Evelyn ou Madeline le repère. Au coin de la maison, il aperçoit sa vieille bicyclette. Après s'être assuré que personne ne pouvait le voir, il court accrocher la ficelle du ballon au guidon. Cela fera une belle surprise pour Madeline, à son réveil.

– Papa !

Le cri de joie poussé par la fillette fige Jean-Christophe. Elle l'observe depuis la fenêtre de sa chambre. Il baisse aussitôt la tête, comme si cela allait le rendre invisible.

– Papa ? Qu'est-ce que tu fais là ?

Le regard de Jean-Christophe oscille entre l'enfant et la route. Il pourrait prendre ses jambes à son cou, faire semblant de n'avoir rien entendu. Mais ce serait une énorme bêtise.

– Tu étais dans le bois ? insiste Madeline.

– Oui, mais… bredouille-t-il.

Il ne peut expliquer ce qu'il vient de vivre sans passer pour un fou. Au même instant, Evelyn sort de la maison. Interloquée, elle aperçoit son époux.

– Je suis vraiment désolé, s'excuse celui-ci, mais je dois y aller.

– Tu ne peux pas rester ? demande Madeline d'une voix où la tristesse a remplacé l'espoir.

Jean-Christophe en a le cœur brisé.

– Non, ma puce, répond-il enfin. J'ai une réunion à onze heures et je suis déjà très en retard.

Le visage de Madeline se décompose. Elle referme la fenêtre et disparaît. Jean-Christophe entend son épouse qui soupire.

– Navré, insiste-t-il. J'aurais préféré qu'elle ne me voie pas. Mais j'ai un train à prendre.

L'excuse est minable, il s'en rend bien compte. Ce bref retour auprès des siens est plus cruel que ne l'était son absence. Evelyn le fixe un long moment sans rien dire. Son regard est glacial. Lorsqu'elle prend la parole, c'est d'une voix tout aussi froide.

– Dans ce cas, tu n'as qu'à repartir. On ne te retient pas.

– Je peux tout t'expliquer, lui répond Jean-Christophe. Je te le promets.

– Je t'écoute, réplique Evelyn, les bras croisés.

Jean-Christophe cherche une once de pitié dans les yeux de sa femme. Il ne demande qu'à lui dire la vérité, à s'excuser, à lui faire comprendre qu'il ne voulait pas faire de peine, à lui parler de ses aventures dans la Forêt des Rêves bleus, de son combat contre l'éphélant, de Winnie. Aux premiers temps de leur relation, il lui aurait tout dit. Elle l'aurait cru et aurait été enchantée de tout savoir. Mais là, il comprend qu'il est allé trop loin. Il a perdu Evelyn.

– Je ne peux rien dire, souffle-t-il.

Evelyn pivote sur ses talons.

– Je vais peut-être rester quelques jours de plus ici, avec Madeline, annonce-t-elle. Le bon air lui fait du bien.

– Tu penses vraiment que c'est mieux ? pâlit Jean-Christophe.

– Vraiment, oui.

– Combien de jours ?

– Je l'ignore, Jean-Christophe.

Elle grimpe les marches qui mènent à la porte arrière, consulte sa montre, puis soupire.

– Tu vas rater ton train.

Et elle rentre en claquant la porte derrière elle.

Jean-Christophe reste un long moment cloué sur place. Il a du mal à respirer. Il doit s'en aller. Il n'a pas le choix. Mais s'il s'en va… que va devenir son mariage, sa vie ?

Un dernier regard à la chambre de sa fille, et Jean-Christophe pousse un soupir de tristesse avant de s'engager dans l'allée.

Madeline ne comprend toujours pas ce que son père est venu faire à la campagne. Ni pourquoi il est parti comme un voleur. A-t-elle fait quelque chose de mal ? A-t-elle dit une bêtise ? Elle a terminé ses devoirs pour obéir à son père. Sa seule distraction a été une balade à vélo. Pourquoi n'est-il pas resté ?

Les marches de l'escalier craquent, Madeline sursaute. Sa mère apparaît à sa porte, avec un verre de lait et une assiette de biscuits.

– J'ai fini mes devoirs, déclare l'enfant en prenant son goûter.

– Parfait ! approuve sa mère. Tu connais tous ces livres par cœur !

Evelyn s'efforce de paraître enthousiaste, mais la mine maussade de sa fille lui serre le cœur. Une si jeune enfant à la campagne, qui passe toutes ses journées dans la maison…

– Qu'aimerais-tu faire maintenant, ma toute belle ? l'interroge-t-elle.

Madeline n'en a aucune idée. Libérée de ses devoirs, elle n'a plus rien de prévu. Un soupir lui échappe. Ce qu'elle voudrait, c'est voir son père. Hélas, celui-ci est rentré en ville… Elle inspecte sa chambre, son regard s'attarde sur une caisse de jouets.

– J'aimerais jouer, répond-elle.

– Vraiment ? s'étonne sa mère.

Evelyn se prend à espérer que sa fille n'est pas trop dévastée. Mais ce que la petite dit ensuite l'inquiète :

– Oui. Je vais jouer comme aucune autre enfant n'a jamais joué avant.

– Et tu es sûre de t'amuser ? s'enquiert sa mère.

– J’en suis certaine.

Evelyn soupire à son tour. Madeline ressemble tellement à Jean-Christophe… Le même acharnement, la même rigueur dans le travail. Evelyn se dit que si elle n’intervient pas, sa fille va mûrir trop vite.

– Sors donc jouer, lui dit-elle. Nous goûterons plus tard.

Ravie d’avoir des instructions à suivre, la petite obéit.

Tu devrais être ici pour jouer avec ta fille, Jean-Christophe, peste mentalement Evelyn.

Hélas, il a une fois encore préféré son travail.

Winnie est un peu patraque depuis le départ de Jean-Christophe. Dans les placards de Porcinet, qui l’a invité, il ne trouve même pas un pot de miel.

– Je ne me sens pas très Winnie, aujourd'hui, se désole l'ourson.

– Ne t'en fais pas, le rassure Porcinet. Je vais te préparer du thé et du miel, ça va aller.

Winnie acquiesce. Du thé et du miel : miam ! Cela dit, il préférerait que Jean-Christophe soit resté dans la Forêt. Revoir son ami lui a fait du bien. Il ne s'était pas rendu compte à quel point la Forêt était toute drôle sans lui. Et le brouillard se reforme déjà, le soleil brille moins fort.

Tigrou rejoint ses deux amis avec un gros pot de miel. Un large sourire aux lèvres, il bondit plus vite que d'habitude. Tout le monde n'est visiblement pas aussi ému que Winnie.

– Salut, les amis ! lance Tigrou.

– Tu arrives à point ! se réjouit l'ourson en lui prenant son pot et en le portant à son museau.

Mais il se cogne la truffe contre une surface dure, collée au couvercle du pot. C'est le dossier marron que Jean-Christophe trimballait partout.

– Tigrou, pourquoi n'as-tu pas laissé ces papiers dans la valise de Jean-Christophe ?

– Ça prenait trop de place ! explique Tigrou.

– Mais il va en avoir besoin, non ? observe Porcinet.

Winnie ne se souvient pas de ce qu'a dit Jean-Christophe.

Réfléchis, réfléchis, réfléchis, se répète-t-il intérieurement.

Et soudain, ça lui revient :

– Jean-Christophe a dit qu'une nouif allait le dévorer au petit déjeuner !

Tigrou et Porcinet en restent sans voix. L'ourson s'empare du dossier et se dirige vers la porte. Ils doivent rapporter ses affaires à Jean-Christophe avant qu'il ne se fasse dévorer !

Madeline a décidé de jouer au tennis. Elle a accroché le ballon rouge au filet du court et frappe avec une vieille raquette en bois.

– Madeline Robin va servir pour le match du tournoi de Wimbledon, annonce-t-elle.

Elle sert et…

– C'est un ace ! Madeline a gagné ! La foule est en délire !

À sa grande surprise, des bravos lui répondent, en provenance d'un buisson. Elle tend l'oreille et approche sur la pointe des pieds.

– Ohé ! appelle-t-elle.

Personne ne réagit. Intriguée, elle jette une balle dans le buisson.

Quelques secondes plus tard, la balle lui revient.

– Il y a quelqu'un ? demande Madeline.

Elle regrette alors d'être sortie jouer. Dans la maison, au moins, elle était en sécurité. Soudain, les feuilles du buisson bougent. Madeline entend des voix :

– Arrête de pousser !

– Aïe !

Elle n'a pas le temps de courir retrouver sa mère : trois créatures surgissent. La fillette secoue la tête. Elle a beau cligner des yeux et se pincer, le petit cochon, l'espèce de tigre et l'ourson ne disparaissent pas.

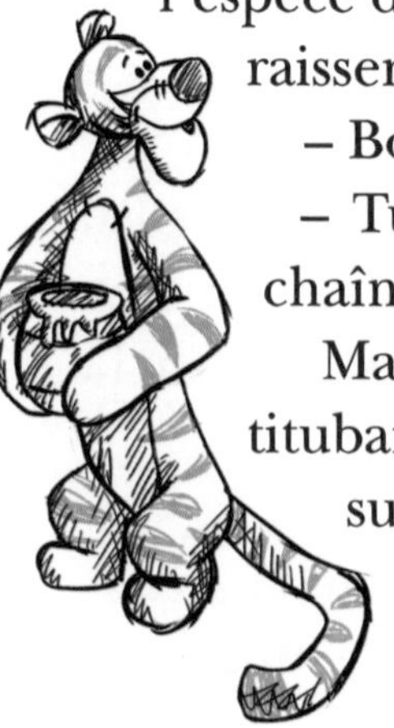

– Bonjour ! lance le cochon.

– Tu dois être Madeline, enchaîne l'ourson.

Madeline hurle. Elle recule en titubant. Ce faisant, elle trébuche sur... un petit âne bleu.

– Désolé, prononce l'animal.

Madeline hurle encore. L'âne panique et se met à trotter en rond jusqu'à ce qu'il heurte le filet de tennis.

– On s'excuse, explique l'ourson. Nous ne voulions pas interrompre ta partie.

Madeline respire à fond et tente de se calmer. En vain. Rien de cela n'est logique. Or, elle n'aime que ce qui est logique.

– Tu… tu parles ! bredouille-t-elle.

– Moi ? réplique l'ourson. Non, je ne parle pas. Enfin, là, si.

Madeline fronce les sourcils : cet ourson, il lui semble l'avoir déjà vu…

– Tu es l'ourson que mon père dessinait, enfant ! reconnaît-elle tout à coup.

– Winnie l'Ourson, se présente l'intéressé. Et eux, ce sont Porcinet, Bourriquet et…

– Tigrou, intervient la créature à rayures.

– Le ballon rouge t'a-t-il fait plaisir ? demande Winnie.

– C'est toi qui me l'as offert ? s'étonne la fillette.

– Non, c'est Jean-Christophe, rectifie l'ourson.

– Tu as vu mon père ?

– Oui. Il m'a aidé à retrouver mes amis.

– Et il nous a défendus contre un éphélant ! ajoute Porcinet.

– Par contre, intervient Tigrou, il a oublié un dossier important. Enfin, c'est peut-être ma faute aussi…

– C'est entièrement ta faute ! corrige Bourriquet.

Madeline se retient de sourire. Elle devine déjà que l'âne est le grincheux de la bande. Mais un adorable grincheux. Les autres aussi sont adorables.

– Bref, résume Porcinet, nous partons en expotition pour Longres.

– Si nous ne le rattrapons pas, insiste Winnie, une nouif va le dévorer pour son petit déjeuner.

– Une quoi ? demande Madeline avant de comprendre de qui il s'agit. Tu parles de M. Winslow, c'est ça ?

– Jean-Christophe nous a dit de marcher vers le nord, conclut Winnie.

– Londres se situe plus exactement au nord-ouest, précise Madeline en rattrapant la petite troupe, qui se dirige déjà vers le portillon. Mais la gare est au sud.

L'ourson consulte la boussole que lui a donnée Jean-Christophe. La flèche pointe le « N ».

– Le sud ? répète-t-il. Je ne connais pas.

– Ne t'inquiète pas, lui répond la fillette, souriante, en empoignant sa bicyclette. Moi, je connais !

Les animaux grimpent l'un après l'autre dans le panier accroché au guidon. Avant de partir, Madeline rentre noter un petit mot pour sa mère : « Je pars en expotition au travail de papa. J'ai ses papiers. Je reviens tout de suite après. »

Chapitre 13

Incognito

Madeline commence à se dire que cette « expotition » n'est pas aussi simple qu'elle le pensait. Sa petite troupe et elle ont pu gagner la gare sans embûches, mais c'est là que les choses se corsent. La fillette ne peut se présenter au guichet avec quatre animaux qui parlent. Heureusement, Winnie vole à son secours.

– Nous allons faire semblant de dormir, annonce-t-il à ses amis.

Les animaux « s'endorment » aussitôt dans les bras de Madeline, qui se présente au guichet :

– Un billet pour Londres, s'il vous plaît, réclame-t-elle. Et un plan de la ville.

Elle fourre une main dans sa poche pour sortir de la monnaie. Bourriquet tombe de ses bras.

– Aïe ! ronchonne-t-il. Ça n'arrive qu'à moi…

Madeline se dépêche de payer le guichetier, puis elle récupère son billet, son plan, et file au plus vite. Dans le train, ils ne risqueront plus rien. Coup de chance : leur compartiment est vide.

Le train démarre. Bientôt, une pluie légère se met à tomber. Les gouttes battent un rythme apaisant sur le toit du wagon. Sans Porcinet, qui menace de vomir, ce serait vraiment le paradis.

– Surtout, retiens-toi, Porcinet, recommande Tigrou. Tiens, on va jouer avec les gouttes d'eau qui coulent sur la vitre. On en choisit une chacun, et la première qui arrive en bas a gagné !

– P-p-pourquoi pas ! approuve Porcinet.

Madeline les regarde en souriant, mais bientôt, son sourire s'efface.

– Au pensionnat, je n'aurai aucune chance de m'amuser comme ça, Winnie, déclare-t-elle.

Un bref instant, elle a réussi à oublier le monde réel. Mais, à l'approche de la ville, la tristesse l'envahit.

– Tu n'as qu'à ne pas y aller, raisonne l'ourson.

– Si je rapporte ces documents à mon père, enchaîne la fillette, ça lui fera peut-être tellement plaisir qu'il changera d'avis. Les rêves aussi, ils ont un prix. On n'a rien sans rien, Winnie.

– Avec rien, rectifie celui-ci, on obtient toujours la meilleure chose.

– Hein ? Qui t'a raconté ça ?

– Jean-Christophe.

– Ça n'est pas de lui, conteste la petite fille, sceptique.

– Mais non, c'est moi qui viens de parler ! observe Winnie. Et il a dit aussi qu'il n'est heureux que si tu es heureuse.

À ces mots, le sourire de Madeline s'envole. Ça non plus, ça n'est pas de son père.

– Je crois que tu te trompes, Winnie, dit-elle en retenant ses larmes.

– Pas du tout. Il me l'a dit. Aussi vrai que je m'appelle Winnie ! Et je m'appelle Winnie, alors…

Madeline a envie de le croire. Sauf que, si son père l'aime autant, pourquoi passe-t-il sa vie au bureau, au lieu de jouer avec elle ? Et pourquoi l'a-t-il inscrite dans un pensionnat ?

Une fois à Londres, l'expotition prend un taxi. Tigrou se dresse sur sa queue pour regarder par la vitre. Il découvre alors un animal au pelage rayé qui l'observe, la gueule ouverte.

– Eh, mais c'est un…

– Tigrou, le coupe Porcinet. Qu'est-ce que tu fabriques ?

– Je viens de repérer un imposteur ! s'indigne son ami.

Le chauffeur de taxi, qui observe discrètement sa passagère dans le rétroviseur, lance soudain à Madeline :

– Tu as dit quoi, ma petite ?

– Rien du tout, se défend la fillette.

Puis elle ajoute à l'oreille de Tigrou :

– Du calme, toi !

Mais le calme, Tigrou ne connaît pas !

– Regarde un peu cet imposteur, insiste-t-il.

– Tigrou ! s'exaspère Madeline.

– Tu l'as vu, avec ses oreilles en chou-fleur ?

Il s'agite de plus en plus, bien décidé à en découdre. À chaque bond, c'est tout le taxi qui tremble. Le chauffeur se retourne pour voir ce qui se passe à l'arrière… et il n'en croit pas ses yeux.

J'ai dû boire trop de café, tente-t-il de se raisonner.

– Je vais lui apprendre la vie, moi, à cet imposteur ! s'emporte Tigrou.

Porcinet ferme les yeux. Il sait que la catastrophe est proche.

Et justement, Tigrou se jette contre la vitre en rugissant. Cette fois, quand le chauffeur se retourne, il en croit ses yeux et ses oreilles. Il panique… et donne un violent coup de volant. Le taxi frôle un véhicule arrivant en sens contraire. Madeline et les animaux valsent sur la banquette arrière.

– C'est bien la dernière fois que je quitte la Forêt des Rêves bleus ! crie Porcinet en se tenant le ventre.

Tigrou continue le combat. Winnie est projeté contre la séparation en verre située derrière le chauffeur.

– Coucou ! lance-t-il à l'homme.

C'en est trop. L'homme pousse un hurlement et lâche le volant. Le taxi saute sur le trottoir et percute un kiosque à journaux.

Le moteur rend l'âme. Madeline et les animaux descendent du véhicule. Soudain, une voiture de police surgit derrière la petite troupe.

– Arrêtez-les, monsieur l'agent ! s'écrie le chauffeur.

Le policier se tourne vers la fillette.

– La petite et ses peluches vous ont fait peur ? demande-t-il au chauffeur.

– Il n'est pas normal, ce nounours ! objecte ce dernier. Pas normal, je vous dis !

Madeline laisse les adultes s'expliquer et s'éloigne du lieu de l'accident. Porcinet la tire par la manche.

– Madeline, chuchote-t-il. Regarde ! Tu crois que les nouifs peuvent se cacher dans cette grosse machine-là ?

Le petit cochon montre un camion sur la bâche duquel est inscrit Winslow

Bagages. Quel hasard ! Madeline a une idée, mais elle va devoir agir vite.

– Monsieur l'agent ! interpelle-t-elle soudain le policier. Mon papa est là !

Et elle s'élance vers le premier homme en costume qu'elle aperçoit.

– OK, OK, accepte le policier. Va retrouver ton père. Mais fais attention, hein ?

– Oui, oui, monsieur ! s'écrie la fillette en souriant. Merci beaucoup.

Et elle se dépêche de filer avant que l'homme ne change d'avis. Elle grimpe à l'arrière du camion. Les animaux et elle se retrouvent plongés dans le noir. Mais peu importe : ce véhicule devrait les conduire au travail de Jean-Christophe. Elle se glisse dans une malle avec Winnie.

– Nous serons bientôt à l'entreprise, annonce Madeline.

– Chez la nouif, tu veux dire ? précise l'ourson.

– Exact, confirme la petite fille. Et vous autres, ça va ?

– On est s-s-serrés, mais ça v-v-va, lui répond Porcinet.

Bourriquet, Tigrou et lui sont installés dans une autre malle, le dossier marron coincé entre eux.

– Accrochez-vous ! Le voyage ne devrait plus être long, indique Madeline.

Au même instant, le camion passe sur un nid-de-poule. La malle des animaux valdingue. Tigrou est projeté en l'air et retombe sur la tête, entre Porcinet et Bourriquet. Et la malle lui retombe sur la queue !

– AAAH ! s'exaspère-t-il.

Porcinet et Bourriquet veulent le dégager, mais le camion bouge trop. Et le véhicule passe sur un deuxième nid-de-poule ! La malle glisse jusqu'à la porte arrière, qui s'ouvre, et tombe sur la chaussée, encore retenue par une sangle !

Les trois animaux font de la luge derrière le camion.

Chapitre 14

Réunion au sommet

Jean-Christophe est arrivé au Département Efficacité quelques minutes avant la réunion. Dans l'ascenseur, il retrouve Giles Winslow. Ce dernier a une mine radieuse et porte un sac de golf à l'épaule.

– Prêt pour la présentation, Robin ? demande-t-il.

– J'ai tout ce qu'il faut, lui assure Jean-Christophe en tapotant sa mallette. Vous revenez du golf ?

– Moi ? Non, bredouille Giles. Ce sac, c'est… un prototype que j'ai testé ce week-end.

L'ascenseur arrive à leur étage. La porte s'ouvre.

– À tout de suite, Robin ! conclut Giles. Nous comptons tous sur vous…

Jean-Christophe sait que Giles a passé le week-end au golf. Il peste, mais la réunion doit démarrer dans moins d'une minute.

Il pénètre dans la salle de conférence et s'assoit sur l'une des dernières chaises libres. Les autres sont occupées par les membres du conseil d'administration.

Giles arrive cinq secondes plus tard. Il grimace en constatant que la seule place libre se situe à côté de Jean-Christophe. Il le rejoint au moment où son père entre dans la salle. Tout le monde se lève.

– Merci, vous pouvez vous rasseoir, les salue le président de l'entreprise.

Giles prend alors la parole :

– Bien, nous savons tous pourquoi nous sommes réunis ici. Des décisions difficiles s'imposent. Robin et moi-même avons travaillé tout le week-end. Mais je ne veux pas tirer la couverture à moi. Je laisse Jean-Christophe vous présenter nos solutions.

Jean-Christophe se lève et se dirige vers le bout de la table. À travers la porte vitrée, il aperçoit ses employés qui attendent, stressés, les résultats de la réunion.

– La bonne nouvelle, commence-t-il, c'est que j'ai trouvé le moyen de réduire certains coûts. L'entreprise sera peut-être sauvée. Mais ça n'ira pas sans mal. Nous allons devoir réduire les frais généraux, trouver des fournisseurs moins chers et demander des sacrifices à nos employés.

De l'autre côté de la porte, Macmillan, Hastings et les autres échangent des regards nerveux. Ces sacrifices ne leur disent rien qui vaille.

– Des sacrifices, très bien, approuve Giles. Montrez-nous vos propositions.

Jean-Christophe se mord la langue. Non, les sacrifices, ça n'est pas « très bien ».

– J'ai tout cela dans ma mallette, déclare-t-il en posant celle-ci sur la table.

Il soulève le couvercle et… constate que son grand classeur s'est envolé ! À la place, il y a des bâtons, des glands et un pot de miel. Jean-Christophe en reste bouche bée.

– Il est paralysé, commente Gallsworthy de l'autre côté de la porte.

– On est fichus ! se désole, comme d'habitude, Butterworth.

Dans la salle de conférence, chacun scrute Jean-Christophe.

– Robin, finit par déclarer M. Winslow, si nous ne résolvons pas ce problème, nous devrons mettre la clé sous la porte. Nous vous écoutons.

Jean-Christophe lève les yeux de sa mallette. Il ne sait pas quoi dire. Dans sa tête, c'est le grand vide. Il ne se rappelle aucun chiffre, aucune solution.

– Je, euh… bredouille-t-il.

La pendule rythme son silence : tic… tac… Chaque seconde semble durer une heure. Jean-Christophe est sur le point de craquer, quand son assistante vient lui chuchoter deux mots à l'oreille en pointant du doigt la porte. Evelyn est là, le visage aussi pâle que celui de son époux.

– Messieurs, annonce Jean-Christophe, je dois m'absenter un moment. Toutes mes excuses.

– Si vous partez, l'intercepte Giles, ce ne sera pas la peine de revenir.

Pour toute réponse, Jean-Christophe court retrouver sa femme.

Evelyn explique à Jean-Christophe que Madeline a quitté la maison et qu'elle s'est rendue à Londres en train.

– Où est-elle ? s'exclame-t-il en scrutant les trottoirs de Londres depuis leur voiture.

– Aucune idée, souffle Evelyn. Quelque part entre la gare et ici. Elle est toute seule.

Elle montre alors à son mari le message que l'enfant a laissé. Jean-Christophe le lit. Un mot l'interpelle : « Expotition ».

– Elle n'est pas seule, affirme-t-il.

– Qui l'accompagne ? s'inquiète Evelyn.

Elle panique depuis qu'elle a découvert le mot de Madeline. Jean-Christophe, lui, semble étrangement calme, à présent. Il lui raconte que l'ours en peluche de son enfance est venu le trouver à Londres et l'a ramené dans la Forêt des Rêves bleus pour partir à la recherche de ses autres amis d'enfance. Plus il parle, plus son regard s'illumine, plus sa voix s'adoucit. Et lorsqu'il évoque ses autres amis, Evelyn sourit. Ça lui fait du bien de voir Jean-Christophe partager quelque chose avec elle, de le voir sourire. Mais le coup de l'éphélant et du tigre en caoutchouc, c'est un peu dur à avaler.

Tout à coup, Jean-Christophe aperçoit un éclair noir et orange qui tourne au coin d'une rue. Tigrou ! C'est forcément Tigrou !

– Les voilà ! annonce-t-il à sa femme. Tourne à gauche !

Evelyn hésite à obéir, mais elle s'exécute malgré tout. Une vingtaine de mètres devant elle, se trouve un camion de livraison Winslow. L'engin traîne quelque chose.

– Je te jure, insiste Jean-Christophe, c'est Tigrou ! Il doit être avec les autres.

– Écoute, mon amour, tente de le raisonner Evelyn. Ces créatures n'existent pas. Je vais te prendre un rendez-vous avec le Dr Cunnigham. Avec un peu de repos, tu…

BOUM !

Un objet vient de s'écraser sur le toit de leur voiture.

BOUM ! BOUM !

Evelyn braque son regard sur le pare-brise. Elle en reste muette : un âne, un cochon et un tigre se sont écrasés contre la vitre.

– Coucou, Jean-Christophe ! s'écrie Tigrou en souriant.

La malle dans laquelle les animaux voyageaient retombe sur la chaussée. Tigrou a réussi à libérer ses amis juste à temps.

– Vous devez être la femme de Jean-Christophe, enchaîne Porcinet en s'adressant à Evelyn.

Celle-ci est toujours sans voix. Elle se tourne vers son mari. Il ne lui a pas raconté d'histoires. Ces animaux sont bien vivants. Elle se gare afin que Jean-Christophe les fasse grimper dans la voiture.

– Où est Madeline ? les interroge-t-il immédiatement.

– Dans un camion qui s'en va chez les n-n-nouifs ! répond Porcinet, tremblant.

Les deux adultes échangent un regard. Puis Evelyn appuie sur l'accélérateur.

Chapitre 15

L'IDÉE DU SIÈCLE

Madeline jubile en découvrant le bâtiment qui se dresse devant Winnie et elle. Ils ont réussi à descendre du camion sans se faire repérer. Hélas, ils n'ont pas les documents de son père.

– Oh, regarde ! l'interpelle Winnie. Le dossier marron !

L'ourson vient de le récupérer sur une poubelle et le lui tend.

Comment a-t-il atterri là ? La fillette l'ignore. Mais elle s'en moque. Elle le saisit et se presse vers l'entrée du bâtiment. Mais une forte rafale de vent balaie la rue.

Madeline est déséquilibrée... et lâche l'ourson et les papiers.

– Non ! s'écrie-t-elle en voyant les précieux documents s'envoler.

Elle leur court après mais ne parvient à rattraper qu'une moitié de page...

La fillette s'effondre, en larmes.

– Non, non, non, non ! peste-t-elle.

Elle a échoué. Cette fois, c'est sûr : son père va l'envoyer en pension.

– Jean-Christophe !

Le cri de joie de l'ourson oblige l'enfant à lever les yeux. Son père accourt vers elle !

– Papa ! s'écrie Madeline en se relevant.

– Dieu soit loué, je t'ai retrouvée ! souffle Jean-Christophe en la prenant dans ses bras.

Evelyn aide les animaux à descendre de voiture et laisse le père et l'enfant profiter de ces tendres retrouvailles.

– J'ai perdu tes papiers ! gémit Madeline. Je suis vraiment désolée.

– Oh, ma puce. Ça n'a aucune importance, la rassure-t-il.

– Mais si, c'est ton travail, c'est important. Je pensais que si je t'apportais ces papiers, tu ne m'enverrais pas en pension, qu'on resterait tous ensemble. Je n'ai réussi à sauver que ce morceau…

Jean-Christophe est sans voix. L'explication de sa fille lui brise le cœur. Il essuie une larme, serre encore Madeline contre sa poitrine, puis la regarde dans les yeux et lui dit :

– Merci d'avoir essayé, ma puce. Et je suis désolé si je suis un père pas très malin.

Il s'interrompt. Il aurait bien aimé que son père lui dise la même chose, autrefois.

– Tu n'es pas obligée d'aller en pension, bien sûr, ajoute-t-il.

Madeline lui offre son plus grand sourire.

– Et je te lirai une histoire tous les soirs.

– Ce serait super, approuve sa fille.

– Tu nous as fait une de ces peurs !

Jean-Christophe et Madeline se séparent quand Evelyn les rejoint. Elle aussi sourit, les larmes aux yeux.

– Encore une expotition désastreuse, se désole Bourriquet.

Evelyn l'entend. Elle se dégage de l'étreinte.

– Je n'en suis pas si sûre, confie-t-elle à l'âne. Tout dépend de la façon dont on regarde les choses.

Tout dépend de la façon dont on regarde les choses.

Ces paroles résonnent dans la tête de Jean-Christophe. Une idée lui vient. Il a passé des heures à travailler sur des chiffres en s'efforçant de réduire les coûts. Pourquoi ne pas les regarder… d'une autre façon.

Il sourit. Il vient de sauver son emploi. Et peut-être même son entreprise. Enfin…

c'est surtout Evelyn qu'il faut remercier. Une bise à son épouse, et le voilà qui se précipite vers l'entrée de l'immeuble. Evelyn et Madeline rassemblent les animaux et lui emboîtent le pas.

Quelques instants plus tard, Jean-Christophe déboule dans la salle de conférence. Sa petite famille reste à l'extérieur. Les animaux font semblant de dormir… mais pas très bien : ils sont tout excités à l'idée de voir une nouif.

– Stop ! s'écrie Jean-Christophe. J'ai la solution !

Toutes les personnes présentes sursautent. M. Winslow lève un sourcil. Voilà une heure qu'il écoute son bon à rien de fils lui raconter qu'il a travaillé tout le week-end. Il sait très bien que Giles est allé jouer au golf. M. Winslow s'est aussi efforcé de dissuader les membres du conseil de renvoyer immédiatement Jean-Christophe.

– J'espère que vous ne nous avez pas fait attendre pour rien, marmonne-t-il.

– Vous n'allez pas être déçu, lui assure Jean-Christophe. Car la réponse à tous vos problèmes, c'est… rien !

– Rien ? répète M. Winslow.

– On n'a rien sans rien, Robin, observe Giles.

Mais Jean-Christophe insiste :

– Vous vous trompez. Ne rien faire, c'est parfois le meilleur moyen de faire quelque chose.

Là, il se tourne vers la porte vitrée, derrière laquelle Evelyn tient Winnie dans ses bras. Il adresse un sourire à l'ourson, qui le lui rend. Jean-Christophe installe ensuite sur le rétroprojecteur la feuille déchirée que Madeline a pu sauver.

– Que se passe-t-il quand les gens ont du temps libre ? demande-t-il. Quand ils n'ont rien à faire ?

Seul le silence lui répond, alors il poursuit :

– Ils partent en vacances. Et de quoi ont-ils besoin en vacances ?

Nouveau silence.

– De bagages. Monsieur Winslow, vous employez des milliers d'hommes et de femmes dans toutes vos compagnies. Si vous leur payiez des congés…

– Que je leur paye des congés ?! s'étouffe le patron.

Les membres du conseil d'administration trouvent eux aussi l'idée grotesque. Des rires emplissent la salle.

Mais Jean-Christophe n'en démord pas. Il allume le rétroprojecteur et montre un graphique représentant les plus riches clients de l'entreprise. Puis, à l'aide d'un des bâtons de Winnie, il désigne le document et enchaîne :

– À l'heure actuelle, vos produits ne sont achetés que par des riches. Mais si les gens ordinaires avaient les moyens de partir en vacances, alors ils achèteraient des valises et des malles Winslow ! Il nous suffirait de baisser nos prix.

Jean-Christophe marque une pause.

– Magnifique, ironise Giles. Nos charmantes plages envahies par la populace avec leurs gramophones et leurs bouteilles de cidre…

Son père, lui, est plus réfléchi.

– Un instant, Giles… réclame-t-il.

– Allons, père ! Cela n'a aucun sens.

– Votre réaction ne m'étonne pas… intervient Jean-Christophe.

Giles, tout rouge, se lève d'un bond.

– Et vous pourriez m'expliquer pourquoi ? s'emporte-t-il.

– Parce que vous êtes une nouif, lui répond Jean-Christophe.

Winnie tend l'oreille. Il oublie un instant de faire semblant de dormir.

– Voilà donc à quoi elles ressemblent, ces bêtes… souffle-t-il.

La nouif est aussi effrayante qu'il l'avait imaginée.

– Une nouif ? s'étrangle Giles. Qu'est-ce donc qu'une nouif ?

– Une nouif, explique Jean-Christophe, est un petit monstre qui oblige les autres à faire son travail à sa place et qui veut nous faire oublier ce qui compte dans nos vies : nos familles, nos amis.

En disant cela, il se dirige vers la porte, et signifie à Evelyn, à Madeline et aux animaux de le rejoindre. Puis il enlace sa femme d'un bras et pose une main sur l'épaule de sa fille.

– Et je peux vous dire que nous n'avons plus peur des éphélants et des nouifs !

Giles regarde tour à tour son père, Jean-Christophe et les membres du conseil.

– Il a perdu la boule, commente-t-il en secouant la tête.

– Vraiment ? embraie M. Winslow.

Giles et Jean-Christophe se tournent vers le vieil homme.

– Qu'as-tu fait de beau, ce week-end, Giles ? demande ce dernier.

– Moi… ? Je te l'ai dit, je… j'ai travaillé.

Une goutte de sueur coule sur sa tempe. Giles veut prendre un mouchoir dans sa poche mais… c'est une balle de golf qu'il en sort.

– Tu as travaillé ton swing ? le rabroue son père. Je n'avais jamais entendu parler des nouifs avant aujourd'hui, mais je crois bien que tu en es une.

– Moi ? s'étouffe Giles. Une nouif ? Mais…

– Assieds-toi, Giles, ordonne M. Winslow. Quant à vous, monsieur Robin, je vous félicite. Et je vous demande de vous mettre au travail immédiatement.

La petite troupe de Jean-Christophe et même quelques membres du conseil applaudissent.

– Merci, monsieur, s'émeut Jean-Christophe.

Puis, se tournant vers Madeline, il ajoute :

– Mais pour l'instant, je préfère ne rien faire.

– Car lorsque vous ne faites rien, saisit M. Winslow, cela vous conduit parfois à la meilleure des choses. C'est bien cela ?

– Tout à fait, monsieur, approuve Jean-Christophe. Tout à fait.

Sur ce, il prend sa femme et sa fille par la main et quitte la salle de conférence. Winnie fait toujours semblant de dormir sur l'épaule de Madeline. Mais il lève imperceptiblement la tête. Il sourit. Jean-Christophe aussi.

Épilogue

— Enfin chez n-n-nous ! se réjouit Porcinet.

Jean-Christophe inspire à fond : l'air est plus doux, le soleil plus chaud que dans son monde. Derrière lui, la porte verte grince. Evelyn et Madeline les rejoignent.

Il sourit quand sa fille glousse de bonheur en s'élançant après Winnie, Porcinet, Tigrou et Bourriquet. Elle a le regard lumineux, les épaules légères. Elle profite enfin de son enfance. Jean-Christophe prend Evelyn par la main. Ensemble, ils suivent la petite troupe.

Chemin faisant, il décrit le paysage : le petit pont de bois, la maison de Maître Hibou, la clairière où il a vaincu l'éphélant. À chaque anecdote, il se sent rajeunir. Et les voilà bientôt à la table de pique-nique. Coco Lapin, Maître Hibou, Grand Gourou et Petit Gourou les y attendent. Au-dessus de la table, une banderole annonce : « Bienvenu à la famille Roben ».

– En plus, c'est le plus beau jour de l'année, note Bourriquet. C'est mon anniversaire !

– Aujourd'hui ? demandent en chœur Grand Gourou et Porcinet.

– Aucun cadeau, et personne ne m'accorde une grande attention, poursuit l'âne. Tout est revenu à la normale !

Jean-Christophe se mord la lèvre pour ne pas sourire. Oui, tout est revenu à la normale. Et c'est fabuleux. Enfin, tempère-t-il, il reste un petit détail à régler : la queue de Bourriquet ! Il la sort de sa poche et va la rendre à son propriétaire morose.

– Maintenant, oui, tout est revenu à la normale ! affirme-t-il.

Tout le monde éclate de rire. Le pique-nique peut commencer ! Seul Winnie est absent. Jean-Christophe s'excuse auprès de sa femme et quitte la table, non sans emporter un pot de miel.

En s'éloignant, il entend le rire doux et joyeux de Madeline, suivi par un gloussement d'Evelyn. Il se demande pourquoi il leur a caché cet endroit si longtemps, pourquoi il s'en est privé si longtemps. Il se fait la promesse de ne jamais empêcher sa fille d'y revenir, de la laisser profiter du bonheur et de l'innocence de ces lieux autant qu'elle le voudra. Mais, d'abord, il doit trouver Winnie. Et il croit bien savoir où chercher.

Jean-Christophe se rend au Lieu enchanté. Winnie est assis sur leur branche.

Jean-Christophe s'installe près de lui et lui offre le pot de miel. L'ourson y plonge aussitôt une patte. C'est qu'il a faim !

Les deux amis restent un moment côte à côte. Ils ne font rien. Puis Winnie se détourne de son pot. Il a le nez couvert de liquide collant et une patte toute dégoulinante.

– Quel jour sommes-nous, Jean-Christophe ? demande-t-il.

L'adulte lui sourit. Il connaît ce refrain.

– Nous sommes aujourd'hui, dit-il.

– C'est mon jour préféré ! annonce l'ourson.

– À moi aussi, Winnie, approuve Jean-Christophe.

Winnie demeure pensif un instant, avant de reprendre :

– Hier, quand c'était demain, ça a été une journée vraiment trop émotionnante pour moi.

Jean-Christophe est surpris : cette réplique n'a jamais fait partie de leurs échanges habituels. Pourtant, il est d'accord : hier a été une journée trop émotionnante. Il ne l'échangerait toutefois contre rien au monde. Car sans hier, aujourd'hui n'aurait pas existé. Et Jean-Christophe n'aurait pas compris ce que cet instant a de magique.

– Mon vieil ourson… s'attendrit-il.

Puis il passe le bras sur les épaules moelleuses de Winnie pour regarder une fois de plus le soleil, qui se couche à l'horizon. Winnie fait de même. Et c'est ainsi qu'ils admirent le spectacle. Deux amis réunis. Ravis de ne rien faire…

Fin

Table des matières

Prologue 5
1. La menace 25
2. Triste soirée 37
3. Les retrouvailles 63
4. Un ami envahissant 83
5. En route ! 93
6. Retour dans la Forêt des Rêves bleus 103
7. Suivre la boussole 117
8. Le piège à éphélants 125
9. Pauvre Bourriquet 135
10. Tous aux abris ! 145
11. La bataille 155
12. Déception 169
13. Incognito 185
14. Réunion au sommet 195
15. L'idée du siècle 205
Épilogue 217

hachette s'engage pour l'environnement en réduisant l'empreinte carbone de ses livres. Celle de cet exemplaire est de :
850 g éq. CO_2
Rendez-vous sur
www.hachette-durable.fr

PAPIER À BASE DE FIBRES CERTIFIÉES

Photogravure Nord Compo - Villeneuve-d'Ascq

Imprimé en Roumanie par G. Canale & C. S.A.
Dépôt légal : juillet 2018
Achevé d'imprimer : juin 2018
16.0467.8/01 – ISBN 978-2-01-704885-5
Loi n° 49956 du 16 juillet 1949
sur les publications destinées à la jeunesse